目が覚めました
～奪われた婚約者はきっぱりと捨てました～

アロイス・ベラドリア
ベラドリア国の第一王子。
容姿端麗、文武両道と名高く、
『完璧』を絵にしたような人。
ディアナ・シュミット
芯が強く、明るい性格の侯爵令嬢。
婚約者フリッツの我儘によって
本来の性分を隠し、
地味な恰好をしてきた。
Characters

コルネリア・ベラドリア
ディアナの親友。
ベラドリア王国の第三王女。
オレール
王族の護衛騎士のひとり。
アロイスやコルネリアを
陰ながら護衛している。
サロモン・フィロモノール
隣国の王子で、アロイスと幼馴染。
コルネリアの婚約者。
リーゼ
平民でありながら、
聖女候補として
ディアナと同じ学園に通う。
周りにいつも男を侍らせている。
フリッツ・フィンロスク
ディアナの婚約者。
優しく包み込むような
印象の瞳が特徴的で、
品位を兼ね備える子爵令息。

目次

目が覚めました
～奪われた婚約者はきっぱりと捨てました～

プロローグ

巷《ちまた》には『真実の愛』と言われるものがある。

初出は、世に流通しているベストセラー。

とあるパーティーに出席した男性は、政略的に婚約させられた敵役の女性ではなく、愛する別の女性をエスコートする。

そして、みんなの前で婚約者にこう告げるのだ。

『僕は真実の愛に目覚めた！』

これで感動する人が、世の中には多いと聞くけれど、私にはまったく共感ができなかった。

政略的なものとはいえ、どうして婚約者を放っておくのか。婚約者の気持ちは？

仮に婚約破棄をするにしても、ものごとには順序というものがある。

みんなの前で婚約破棄を言い渡すのは悪手だ。

婚約者に捨てられた女性の末路は悲惨。彼女は何も悪いことをしていないのに、どうしてこんな仕打ちを受けなければならないのか。

だから私はみんなが共感する『真実の愛』と言われるものが、よくわからなかった。

どうして私がこんなことを考えているのか――

それには理由がある。

なぜなら、今の私は物語の敵役のように孤独にされ、ひとりで時間が過ぎるのを待っている最中だったからだ。

「ディアナ様、かわいそう……」

「婚約者は何をしているんだ？」

「え？　婚約者がいるっていうのに、ひとりなのか？　信じられない」

私――ディアナの周りでは、みんなが声を潜めて話をしている。

シュミット侯爵家の令嬢として生まれた私は、今年で十八歳になった。

黒色の髪を三つ編みでくくり、縁なしの大きめの眼鏡をかけている私は、みんなから地味で目立たない令嬢と見られているだろう。

聞こえないふりをして、私は視線を前に向ける。

今日は学園のパーティー。

基本的に貴族はこの年頃になると、学園に入学しなければならない。それは王族とて例外ではない。

令嬢たちが男性の誘いを受けてダンスに興じ、楽しい時間を過ごしている様は、とても華やかだった。

今の私みたいにひとりでいることは、よほど周りから人気がなかったり疎まれていたりする人間くらいだろう。

実際、周りを見渡してみても、女性でひとりなのは私だけ。

だからといって、イジめられているわけではない。

パーティー会場にいる男性が誰も私に声をかけてこない理由。

それは、私に正式な婚約者がいるからだ。婚約者がいる人間に声をかけるほど、ここの生徒たちは愚かではない……一部を除いてだけどね。

私の婚約者の名前はフリッツ。

年齢は私と同じ十八歳で、フィンロスク子爵家の長男だ。

ふんわりと優しく包み込むような印象の瞳が特徴的で、貴族らしい品位も兼ね備えている。

そんな彼だけど、いつまで経っても私をエスコートしてくれるどころか、会場に姿すらない。

一体、どこにいるのかしら。

これ以上周囲から好奇の視線にさらされるのは耐えられなかった。私はパーティー会場を出て、フリッツを捜すことにする。

満月が夜空を照らし、会場の中とは違って落ち着いた時間が流れていた。

しばらくフリッツを捜して歩いていると、中庭でひと組の男女が目に入る。

周りが暗いせいで、ふたりが誰なのかわからない。ここにいるってことは、私と同じ学生だと思うんだけど……

男性が女性の肩に手を置き、お互いにじっと見つめ合っていた。ふたりの間にはロマンティックな空気が流れ、そこはまるで聖域のよう。

「愛している」

男性が愛をささやき、そっと口づける。

本来なら、こんなところで足を止めている場合ではない。こういった場面を盗み見することは、あまり褒められた行為ではないことも知っている。

だが、このときの私は嫌な予感がして、目が離せなくなっていった。

――まさか。

私は無意識に息を潜めてコソコソと近づく。

「あ……」

ふたりの顔がはっきりと見えてしまい、思わず声を漏らしてしまう。

その声でようやく気づき、男性の顔がゆっくりとこちらを向いた。

「ディ、ディアナ！　どうしてここに⁉」

彼――フリッツが私に顔を向ける。

そう、今「愛している」と言って、目の前の女に口づけをしたのは、あろうことか私の婚約者。

「フ、フリッツ……」

失望と怒りでわなわなと震えてしまう。

「ち、違うんです！　わたしが悪いんです！」

フリッツに口づけされた女が慌てて、そう主張する。

そこで初めて、私は彼女の正体がわかった。

彼女はリーゼ。

貴族しか入れないはずの学園にとある理由で例外的に平民ながら入学を許された少女である。

ああ、そういうことね。

今まさに浮気の現場を目撃してしまったわけだが、驚きよりも「やっぱり」という感情が浮かんできた。

桃色で艶のある髪は見る者を虜《とりこ》にする。

細身な体格の私と比べて、リーゼは女の子らしい丸みを帯びた体をしている。

ふとした仕草も愛嬌《あいきょう》たっぷりで、自分の可愛さを自覚しているタイプだろう。

そういったこともあり、彼女は平民ながら、男性からの人気は高い。

一方、女性は男に色目を振りまくリーゼを「はしたない」と言い、彼女のことを嫌っている者も多かった。

平民であるから仕方がないと思いつつも、私自身も彼女の行動に眉をひそめることはしばしば。

あまりいい印象を抱いていない。

倒れてしまいそうになるのをこらえ、私はなるべく冷静になろうと努める。

「わたしが悪い、とは？」

「フリッツ様からの誘いを、どうしても断りきれず……許されないことをやってしまいました」

「ち、違うっ！　リーゼ、元はといえば、君から声をかけてきたんじゃないか！　ディアナ！　これは違うんだ！」

ふたり揃《そろ》って違う違うなど、それしかしゃべれないんだろうか？

「この際、どちらからというのは問題ではありません。少なくとも、私の目にはフリッツのほうから、リーゼに口づけたように見えたのですが？」

「……！」

何も言い返せないのか、フリッツが口をつぐむ。

やっぱり、私の見間違いじゃなかったみたいね。

悲しかった。フリッツが好きだったから。

しかし私をほったらかしにして、婚約者でもなんでもないリーゼとふたりの時間を過ごす？

しかもこんなところで口づけを？

まだ私だったから良かったものの、ほかの人に見られたらどうなる？

醜聞は瞬く間に広がり、家にも迷惑がかかってしまうじゃない。

これでは百年の恋も冷めるというものだ。

「さようなら。私のことはいいので、あなたはそこの尻軽女と仲良くしてくださいませ」

「そ、そんな……いくらディアナ様でも、尻軽女だなんてひどいです」

しくしくと泣く……真似《まね》をするリーゼ。

これ以上ふたりの仲睦《なかむつ》まじい姿は見たくなかった。彼らに背を向ける。

「ま、待ってくれ！　ディアナ、話し合おう！　これには重大な誤解がある！」

重大な誤解って、なんなのよ！

さっき、リーゼとキスしていたことを問いただしても、何も答えが返ってこなかったじゃないの！

どうせここで足を止めても、フリッツの言い訳を聞かされるだけ。

そんなのはもうこりごりだ。

着ているドレスの裾を持ち上げ、私はその場を足早に去った。

第一章　地味で目立たない自分、さようなら

幼い頃から勉強漬けの毎日だった。たまに逃げ出したくなったけれど、これも立派な貴族になるためだと乗り越えてきた。

そのおかげで、胸を張って前に出られる令嬢になれたと思う。

そんな私に十六歳のとき、婚約者ができた。

それがフリッツである。

彼の家柄は私のシュミット侯爵家より格下になるゆえ、最終的に子爵家が侯爵家に頭を下げる形で婚約が成立した。

婚約するまでフリッツとは会ったことがなかったので、最初は愛のない婚約だった。

だが、それでも良かった。

貴族って、そういうものだと思ってたから。

だけど、愛のない婚約を強いてしまった、一見そういうふうに見える婚約からか、フリッツは当初、私に負い目を感じていたようだ。

フリッツは常に私のことを気遣い、不自由にさせないようにと一生懸命頑張ってくれた。

今まであまり女性と接したことがないらしく、デートの際はしどろもどろ。だけど、必死に私を

リードしようとするフリッツは可愛かったし、好印象だった。

記念日には、祝いごとを欠かさなかった。誕生日のときに花のブローチをもらったのは、今でも大切に取ってある。

そんな彼のことを、いつしか本気で好きになっていた。

順風満帆な人生。大人になったら彼と結婚し、幸せな家庭を築いていくんだろうなとぼんやりとイメージできた。

雲行きが怪しくなったのは、学園に入学してからだ。

まず、学園に入学する前、フリッツは私にこう言った。

『君は美しい女性だ。きっとほかの男から注目されるだろう。だから……せめて学園にいる間は、目立たない格好をしてくれないかい？』

最初は何を言ってるんだと思ってしまった。

しかし私がほかの男にうつつを抜かさないか、フリッツは心配だったのだろう。

思うところはあったが、これはフリッツも私のことを本気で好きだからに違いない、そう自分に言い聞かせた。

だから私は彼の希望を叶え、なるべく地味な格好をすることにした。

まず、もともと赤色だった髪を黒に染めた。

よく目立つルビーのように赤い髪はお母様譲りで、私の誇りだったけど。

視力は良かったので必要なかったが、わざわざ度が入っていない眼鏡もかけた。

それだけではない。学園内では、極力男性に近づかないようにした。

これはほかの男としゃべっていたら、フリッツが不安がるからだ。

クラスの中心から外れ、いつも教室の片隅で本を読んでいるような令嬢。

私はそれに徹した。

その結果、教室では『地味で目立たない』という評価を受けている……と思う。

また、私とフリッツの関係がおかしくなった理由が、もうひとつある。

それがリーゼの存在である。

学園の貴族たちにとって、平民リーゼの存在は新鮮だった。

リーゼはどうやら学園に入学するまでは――当たり前かもしれないが――まともに貴族としての教育を受けておらず、眉をひそめる場面も多かった。

それでも彼女は持ち前の愛嬌《あいきょう》で、男性たちを虜《とりこ》にした。ちょっと失礼なことがあっても、「平民だから」という理由で許されてきた。

一方、彼女には悪い噂《うわさ》がある。

それは女子生徒たちの愛する人を寝取っているというものだ。

貴族の中には家を存続させるため、早くから婚約者を作っている人も多い。そうじゃなくても、ゆくゆくは婚約者へ――という考えから、恋人として付き合っている男女もいる。

ゆえに男女の恋愛は、この学園内において慎重を期すべき事項である。

男女間の仲での解《ほつ》れがあったら、家にまで迷惑をかけてしまうからだ。

しかし平民のリーゼは「知ったことか」と言わんばかりに、たとえ婚約者がいる男相手でも、気軽に話しかけた。

話しかけるだけなら、まだマシだ。

場合によっては、ふたりでデートに出かけるといった、耳を疑うような噂《うわさ》も聞く。

無論、女子生徒たちは婚約者や恋人へ軽率な行動をやめるようにと注意する。

だが、彼らはそれを嫉妬として受け取ったみたい。リーゼとの交流をやめようとしなかった。

中にはそれが原因で婚約破棄にいたった人たちもいるらしい。

いつしかリーゼには『稀代《きだい》の悪女』という異名が付けられることになった。女子生徒の間のみだけど。

どれだけ彼女たちがリーゼの愚行を訴えても、大半の男子生徒は耳を傾けなかった。男どもは皆、リーゼに心奪われているのである。

こうして男子には評判がよく、女子からは嫌われる典型的な腹黒女の完成ってわけ。

そしてリーゼの毒牙にかかったのは、私の婚約者フリッツとて例外ではない。

フリッツが休み時間にリーゼと親しそうに話している姿を目にしたのは、一度や二度じゃない。

だけど私は彼のことを信じた。

きっと何か用事があったのだろう。

フリッツはほかのバカな男と一緒じゃない……って。

けれど私がぐっと我慢している間に、事態は好転するどころか、さらに悪化していくことになる。

ほかの女子生徒の証言で、フリッツとリーゼがデートに出かけていたことが判明した。

そんなバカな……と思い、フリッツを問いただしたら、本当だったらしい。

私は彼に問いつめた。

『どうしてそんなことをなさるのですか』

『あなたには私という婚約者がいるではないですか』

『リーゼとふたりきりで出かけたら、周りの人からなんと言われると思いますか？』

そんなことを、一気にまくし立てたと思う。

しかしフリッツは少しむっとした表情をして、こう言った。

『彼女とは街まで服を買いにいっただけなんだ。どうやら彼女、制服以外にまともに服を持っていないらしくってね。いつも服の商人を家に呼んでいるから、僕自身も社会勉強になるし』

『そのあとちょっと食事をして帰っただけだ。なんにもないよ？　同級生と一緒に出かけただけなのに、どうしてそんなことを言われなきゃならない』

極めつけはこうだ。

『もしかして、君はリーゼが平民だからって差別しているのかい？　そういう差別意識はよくないと思う。改めるべきだ』

呆れた。

私はリーゼが平民だからと文句を言っているのではない。

婚約者がいるのに、ほかの女とふたりきりで出かける軽率さを責めているわけだ。

これが平民同士の恋愛なら許されたかもしれない。

しかし私たちは貴族だ。

常に周りの目を意識する必要がある。

それなのにそのときは「ちょっと婚約者への束縛が激しかったかな」と私もなぜか反省し、それ以上はぐっとこらえた。

そして今日、私の我慢は限界を超えた。

学園のパーティーで婚約者を放って、リーゼとふたりでいる？　しかも口づけ？

あの光景を見て、彼への愛情が一気に冷めた。

今まで私はやりたいことも我慢して、フリッツの要望になるべく応えてきた。

でも、今となっては、すべてがバカバカしい。

目が覚めた気分だ。

もういい。

これからは良い子にするのはやめよう。

フリッツとの婚約は破棄しよう。これ以上、彼と婚約関係を続けられる気がしない。

理由を説明したら、両親もきっと私の味方になってくれる。

フリッツの浮気が原因なんだから、あちらの責任になる。

私の大事な時間を奪ったのだ。そのツケ、必ず払ってもらう。

好きに生きよう。

◆

翌朝。

私は軽く外見を整えてから、居間に向かった。

「あら、ディアナ。おはよう。なんだかすっきりした顔をしているのね？　昨日はパーティーから帰ってきたあと、部屋に閉じこもってたみたいだけど……何かあったの？」

居間ではお母様が話しかけてきた。

お父様は椅子に座って新聞を読んでいるが、私のことが気になるのか、新聞から目線を外してちらちらとこちらの様子を窺《うかが》ってくる。

「はい。お母様とお父様に話したいことがあります」

「話したいこと？」

「実は……」

学園のパーティーで起こったことを説明し始めた。

お母様は口を挟まず、適度に相槌《あいづち》を打つだけで聞いてくれる。

そしてフリッツがリーゼと口づけを交わした場面まで話したとき、お父様が新聞からバッと顔を上げる。

「な、なんだって!?　婚約者をほったらかしにして、エスコートしないだけでも失礼なのに……こともあろうに、ほかの女性にうつつを抜かしているとは！　ふざけているっ！」

そう言って、お父様は呆れたように頭を押さえた。

「……あなたの見間違いじゃないのね」

次に、そう口を開いたのはお母様である。

「はい。現に彼に問いただしても、まともな答えが返ってこなかったので」

「そう……辛かったわね。ディアナ」

お母様はそう言って、私を優しく抱いてくれた。

いつも私のことを温かく見守ってくれるお母様。厳しいときもあるが、それも私のことを大切に思っているから。

お母様のおかげで、私は胸を張って貴族だと言える。

「昨日、ビックリしたの。だってディアナ、すごい顔して帰ってくるんだもの」

「ご心配をおかけしてすみません」

「いいのよ。一番辛いのはディアナだわ。思い出すだけでも辛いでしょうに、私たちにちゃんと話してくれてありがとうね」

お母様が柔らかく微笑む。

「それで……ディアナはこれからどうしたい？」

「婚約破棄だ！　そんな浮気者に、我が家の大切な娘を渡すわけにはいかない！」

私が答えるよりも早く、お父様が怒声を上げた。

しかし「ディアナの気持ちを優先してあげて」とお母様がお父様を睨むと、ばつが悪そうに体を縮こまらせた。

ふふっ、お父様ったら。いつも頼りになるのに、お母様には頭が上がらないんだから。

だけどそれもふたりの信頼関係あってのこと。

私も両親みたいな夫婦関係を築きたかったなあ。今となっては遅いけど。

「私もお父様と気持ちは同じです。それにフリッツの不貞行為は今回だけではありません。彼とはこの先、良い関係を続けていけると思えません」

「となると……」

「婚約を破棄させていただきたいと思います」

毅然《きぜん》とそう言い放つと、お母様は力強くうなずいた。

「そうね。私もそれでいいと思うわ。だけどディアナ、大丈夫？　フリッツに未練はない？」

「はい。これっぽっちも」

昨日、あの場面を見たときは私もショックだった。

だって、フリッツのことが好きだったもの。

だけど一晩寝て、心のもやもやも完全に消え失せた。

あんな男、きっぱりと捨ててやるわ。

「ディアナがそう言うなら、すぐに婚約破棄の手続きに入ろう。フィンロスクのやつめ、シュミット侯爵家をこけにしおって……」

お父様は新聞紙をグッと握ってわなわなと震えており、青筋が立っている。

もともと、この婚約はフィンロスク子爵家がシュミット侯爵家に頭を下げる形で実現したもの。

爵位が下の貴族が、自分の不貞行為が原因で婚約を台無しにした……その意味をフリッツは理解しているんだろうか？

「今日が休日で良かったわね。学園に行って、フリッツと顔を合わせなくてもいいんだから」

「そうですね」

フィンロスク子爵家の未来は暗い。

お母様の言葉に、私はそう答える。

「お母様、私にひとつ考えがあります」

「考え？　婚約破棄以外に？」

「はい」

うなずき、昨晩考えていたことをお母様に伝える。

するとお母様は明るい顔をして、パンと手を叩いた。

「まあ！　それは良いわ！　正直、ディアナに今の格好は似合わないと思っていたのよ」

「私も同じです。今までフリッツの意見を尊重していましたが……もう気にする必要はありません。

私は自分の思うがままにしたいと思います」

「うんうん、それが正しいわ。だったら忙しくなるわね。私も手伝わせてもらうわ」

「ありがとうございます」

そう頭を下げる。

ふふふ、みんなの驚く顔が楽しみね。

◆

休日明け。

お父様は「一週間くらいは休んでもいいんじゃないか?」と言ってくれたけれど、それは固辞した。

だって、早くみんなにこの姿を見てもらいたかったんだもの。

校門をくぐった瞬間、周囲からの視線を感じた。

私はそれに気づかないふりをして、教室まで向かう。

教室の扉を開ける。さっきまで騒がしかった教室が一瞬で水を打ったように静かになった。

そして、みんながこそこそ話しだす。

「だ、誰だ……?」

「もしかして転校生?」

「こんな時期に?　それに庶民の学校じゃないんだぜ。留学生じゃない限り、転校生なんて滅多にいない」

「じゃあ、あの赤髪のキレイな人は誰よ」

みんなは私が誰かわかっていない。

それも仕方がない。

今の私は入学前のディアナ・シュミットに戻っているのだから。

魔法で染めていた黒髪は、燃えるような赤髪にしている。

入学してから化粧は最低限しかしなかったけれど、お母様と侍女に手伝ってもらい、今日は完璧な化粧を施している。

装飾品も我慢してきたけれど、今は目立つキレイなネックレスと指輪を身につけていた。

今まで、フリッツに言われて『地味で目立たない令嬢』の仮面を被っていた。

しかし彼との関係が破綻した今となっては、わざわざそんな仮面を被っておく必要性がない。

「ディアナ！」

大きな声を張り上げて近づいてくるひとりの男性。

フリッツだ。

「そ、その姿はどうしたんだい？　みんなが君を見ているじゃないか。僕、君には目立たない姿をしてくれって頼んでたよね？　どうしていきなり……」

「どうして？　いきなり？　……はあ」

呆れすぎてため息をついてしまう。

こいつは先日のパーティーでの一件を忘れたのだろうか。

「まあ……今となっては、先日のことも感謝してるわ」

「感謝……？」

「だって、あれがなかったら、あなたのことが好きなままだったもの。だから私の目を覚まさせてくれたふたりには感謝しているわ。ありがとね」

「な、何を言いだすんだい！　先日のことは誤解だって言っただろ？　それにしゃべり方も変わっている」

変わっている？

違う。これが本来の私のしゃべり方よ。

それにしても……彼はまだ言い逃れができると思っているの？

きっと休日の間に、ああでもないこうでもないと言い訳を考えていたんだろう。

けれど、それを私が聞いてやる義理なんてない。

「焦る必要はないわ。いいじゃない。あなたにはお似合いの人がいるんだし」

「お似合いの人……？　彼女のことかい？」

「それ以外に誰がいるの？」

「ち、違うんだ。僕が愛しているのは君だけだよ。それに君こそ忘れていないかい？　君は僕の婚約者なんだよ。なのにそんなことを言うなんて……」

「婚約者……ねえ」

つい笑いそうになってしまう。

貴族同士の結婚は多方面に影響を及ぼすため、婚約を破棄するためには、まずは役所に申請を出して許可をもらわなければならない。

この休みの間、お父様が私とフリッツの婚約を破棄させるために奔走してくれて、今朝、無事に認可も下りたと聞いた。

ただ、これはあくまでお伺いを立てて許可をもらった段階にすぎない。準備が終わっただけだ。正式に婚約を破棄するためには、ここから両者の合意がいる。

フィンロスク子爵が断れるとも思えないが、戦いはまだ始まったばかり。

さらにフィンロスク子爵に婚約破棄の通知が行くのは、若干のタイムラグがあるはず。

ゆえにフリッツはまだ知らない。

とはいえ、それを今ここでフリッツに教えてやる必要もない。

「ふふふ、まだそんなことを思っているのね。あなたがそれを知ったとき、どんな顔をするのか楽しみだわ」

「それ？　一体何を……」

フリッツはまだ話したそうだったが、無視して自分の席に座った。

「え……？　もしかしてあの赤髪の令嬢、侯爵家のディアナ嬢なのか？」

「信じられないわ。でも婚約者のフリッツが言っているんだし……」

「あんなにキレイな女性だったのか！　今までは、貴族にしては地味な子だなあ……くらいにしか思ってなかったのに」

「急にどうしたのかな？　やっぱり、先日のパーティーが原因？」

「フリッツ、なぜかディアナ嬢をエスコートしなかったもんな。理由はわからないが、本来ありえないことだよ」

急に様変わりした私に、みんなはどう話しかけていいかわからず、遠巻きから眺めるだけ。

だが、悪い印象は抱いていないようで何より。

じろじろ見られるのは苦手だった。

でも……こういうのも意外と悪くないわね。


「ディアナ、急にどうしたのよ」

お昼休み。

クラスメイトの好奇の視線にさらされ続けていたが、ようやくひと息吐くことができる。

私は屋上のテラスで食後の紅茶を飲みながら、親友のコルネリアとしゃべっていた。

「急にって？」

「とぼけないで。その姿のことよ。婚約者のフリッツに言われて、今までわざと地味な格好をしていたんじゃ？」

そう言って、コルネリアは一度紅茶を飲む。

大きな瞳をした、可愛らしい少女。ふわふわとした髪は泡のように軽やかで、その柔らかさはまるで天使の羽のよう。

視線を引きつける美しさは同性の私でもつい見惚《みと》れてしまう。

彼女の動きひとつひとつは非常に優雅で洗練されており、高貴な生まれの人が持つ独特の気品さを持ち合わせていた。

それもそのはず。

コルネリアはこの国――ベラドリア国の第三王女なのである。

彼女とはこの学園に入学して以来、何かと気が合う。

本来、侯爵家の私が王女相手にこんなざっくばらんな話し方をするのは不敬なんだけど、彼女は許してくれている。

っていうか「ディアナには一親友として接してほしいから」という彼女の希望で、こういうしゃべり方をしている。

親身になって話を聞いてくれる優しいコルネリアに、私はしばしば相談もしていた。

「そうね……コルネリアになら言ってもいいかも」

すべてが片付くまで、このことを他人にあまりしゃべるつもりはなかった。

しかし親友のコルネリア相手なら別。彼女なら信頼できる。

私は一度深呼吸をしてから、昨日の一件を伝える。もちろん、フリッツとの今後の関係についても。

「信じられないわ！　ディアナっていう素敵な婚約者がいるのに、パーティーでほかの女に目移りするなんて！　ディアナ、正解よ。そんな婚約者とは信頼関係を築けるはずないわ！」

話が終わったあと、コルネリアは怒った様子で声を張り上げた。

良かった……あまり心配してはいなかったものの、コルネリアには味方になってほしかったからね。

「それで、もうフリッツの言うことを聞く必要がなくなったということね」

「うん。前の姿は嫌々だったから」

私は肩をすくめる。

「良いと思うわ。ディアナは今の姿が似合っていると思うもの。とってもキレイ」

「ありがとう」

「それにしても……リーゼねえ。ほかの男に手を出している話はよく聞くけど、まさかディアナの婚約者にもなんて」

コルネリアは困ったように眉尻を下げる。

「リーゼって平民だけど、次の聖女候補だから学園に入学できているのよね?」

「そう、今の聖女様はご高齢だから。お父様——陛下——は早いところ、次の聖女を指名したいと思っているはずよ」

聖女。

奇跡とも称される魔法。

そして誰からも愛される人柄。

このふたつを両立する人物が、聖女に任命される。

その権威と力は絶大で、国王と王妃の次くらいに敬われる存在で、国民の聖女人気は高い。

神の代弁者とも言われ、公《おおやけ》の儀式や祭典に参加することが主な仕事。時には平和と信仰の象徴として、外国の王族とも会談している。

そんな聖女の姿を見て、人々は連帯感が生まれ、この国の未来に希望を抱くのだ。

聖女は一代につきひとり限りで、今の聖女が亡くなるまでに、陛下としては次の聖女を指名しておきたいはず。しばらく聖女が空座であった時代もあるらしいが、その際、王室の支持率が目に見えてガクッと下がったっていう話もあるくらいだ。

「たしか……リーゼが現れるまでは、なかなか次の聖女候補を挙げられなかったのよね？」

「そうよ。聖女候補は宮廷魔導士だったり、国の有名な魔法師の意見を聞いて挙げられるわ。その人たちが言うに、聖女は特別な存在だって」

生まれながらに魔力を持ち、特別な訓練を受けた者なら魔法を使うことができる。

私とコルネリアは使えないけど、同級生の中でも数人は魔法を使える者——魔法師——はいる。

だが、ただ魔法の力に恵まれているだけでは、聖女に選ばれない。

ほかの人には現れない、特別な魔力が聖女には宿ると言われている。

それがなんなのかは具体的にわかっていない。明確な区別はないし、古くからの言い伝えなだけかもしれない。

しかし宮廷の人たちいわく、リーゼに秘められている魔力は特別なものらしい。

「リーゼの特別な魔力って、なんなのかしら？」

「それがわかったら苦労しないわよ。国中から選《え》りすぐりの魔法師が集まって、彼女の魔力を発芽させようとしているんだけど、いまだ目覚めていない。だけど誰も見たことがない、特別なものってのはたしかみたい」

コルネリアは肩をすくめる。

正体不明だけど、せっかく特別な魔力を宿した人間を見つけられたのだ。

この機会を逃したら、次に現れるのは何年後になるのか。下手をすれば十年や百年の単位になるかもしれない。

「だからリーゼの学園入学は、強引に決まったらしいのよ。それに対して反対意見も多かった、って聞くんだけど」

「だけど聖女といったら、魔力だけではなく人格も求められるのよね？　リーゼに聖女が務まるのかしら？」

「そういった疑問の声を上げる者は多いわ。まあだからこそ、この学園に通わせているんでしょうね」

聖女になったら、貴族と話す機会も多い。

今のうちから、貴族としてのマナーや人格も身につけることは大事なこと。

学園に通うことによって、子息と令嬢とのコネも作れるだろうしね。

「まあ、貴族のマナーとかはこれから覚えていくにしても……男癖が悪いのはねえ。まあ彼女もうまくやってると思うから、まだお父様の耳には入っていないと思うけど」

コルネリアは困った様子で、頬に手を当てる。

「私は彼女が聖女になることには、消極的反対っていう立場だった。でもディアナからの話を聞いて、消極的だなんて中途半端な考えはやめるわ。あの子は聖女にふさわしくない！」

「いいの？　私だけしか聞いていないから良いけど、仮にも王女という立場でそんなことを言って……」

「いいのよ。私はディアナの味方なんだからっ！　第三王女である私がどこまで力になれるかわからないけど……」

口惜しそうにコルネリアは言う。

彼女は側妃の娘であり、王室内でも発言力はあまり強くないらしい。

とはいえ、王族であることには変わりないから、ほかの人たちと比べて……っていうことだし、十分すごいんだけど。

「コルネリアにそう言ってもらえるだけで気が楽になるわ。コルネリア、いつもありがとうね」

「だって親友が困っていたら、手を差し伸べるのは当たり前でしょ？　あなたがそう言う必要は、どこにもないのよ」

優しく笑うコルネリア。

うーん……リーゼなんかより、コルネリアのほうがよっぽど聖女にふさわしいと思っちゃう。

実際、私だけじゃなく、王女なのに気さくなコルネリアのファンは多い。

そういう彼女だからこそ、私も信頼してフリッツとの一件を話せたわけだし。

「ということは……ディアナ、今はフリーってことよね」

「う～ん、そういうことになるのかな？」

「早く次の恋を見つけなくっちゃね。誰か気になる人とかいないの？」

テーブルから身を乗り出して、コルネリアは興味津々に聞いてくる。

「い、今は考えられないわ。だってフリッツとあんなことがあった直後ですもの。それに貴族だから、自分の気持ちを優先するわけにはいかないし……」

「何言ってんのよ。別に政略結婚だけが貴族の恋愛じゃないでしょ？　実際、自由恋愛の末に結婚した人たちも多いわ」

「そりゃそうだけど……」

「大事なのは自分の気持ちよ。恋に臆病になっちゃダメ」

なるほど……リーゼの言うことにも一理あるかもしれない。

「そうね。でもやっぱり、今は無理よ。だって相手がいないんだもの。自分から捜すのも気後れするし……」

幼い頃から勉強漬けで、それが落ち着いたと思ったらフリッツと婚約した。

あれ？　ほかの令嬢と比べて、男への耐性がないのかもしれない？

……ということに、今ふと気づいた。

「相手がいない……ねえ。今のディアナだったら、いろんな男が声をかけてくると思うけど」

微笑み、コルネリアはさらに続ける。

「ということは、良い相手がいたら恋をしてもいいいと思っているってこと？」

「まあ、そういうことになるかしらね」

「なるほどね……」

ふむふむとうなずくコルネリア。

その際、彼女の口元がニヤリと笑ったのが見えた。

◇◆◇

「僕はなんということをしてしまったんだ……」

学園からの帰り道。

馬車の中で、僕——フリッツは自責の念に駆られていた。

無論、先日の学園パーティーを振り返って……である。

パーティーで婚約者のディアナをエスコートしないどころか、リーゼと会って、こともあろうに口づけを……

なんで僕はあんなことをしてしまったんだ？

思い出すだけで、頭を掻きむしりながら叫びたくなる。

リーゼのことが前々から気になっていたのは事実だ。

僕を含め、貴族にはしがらみが多い。自由に恋愛できないこともしばしば。しかしそれは『貴族としての義務』と教えられてきた。

ディアナに不満があったわけではない。

それどころか逆だ。

僕は彼女のことを心から愛していた。

だが、学園に入り異性と交流する機会が増えれば、おのずとほかの令嬢に目移りしてしまう。

それはディアナも同じだろう。だから僕は彼女に地味な姿をしてもらうようにお願いした。

ディアナは美しい。真紅の髪は芸術品のようで、男女問わずに視線を釘付けにする。

優しい性格ではあるが、重要な局面ではきっぱりと決断する、そんな意志の強さも兼ね備えていた。

彼女の魅力に気づいたら、ほかの男は黙っていない。

僕は貴族とはいえ、子爵家だ。高位貴族も多い学園の中では、どうしても格が落ちる。

侯爵令嬢であるディアナが、ほかの男に乗り換えたら?

そう考えたら、いてもたってもいられない。

幸い思惑通りディアナは学園の中で特に目立つことはなかった。

なんの変哲もない一令嬢として、クラスメイトはディアナに接していたように思う。

こうなれば僕にも余裕が生まれる。

ディアナのことばかり気にかけなくてもいい。

そんなことよりも、社会勉強のために、自分はもっと他人と接するべきでは？　……と。

そして——僕はリーゼと出会った。

『フリッツ様！　クッキー、作ってきたんです。おひとつ、いかがですか？』

そう言われて、リーゼからもらったクッキーは格別だった。

なんの変哲もない味だったが、リーゼからもらったクッキーを食べるたび、彼女にだんだん惹《ひ》かれていく自分に気がついた。

貴族として育ってきた僕にとって、爵位やしがらみに囚《とら》われず、誰にでも天真爛漫《てんしんらんまん》に話しかけるリーゼの姿は新鮮に映ったのだ。

そんなある日、僕はリーゼへの誕生日プレゼントとしてハンカチを渡した。

それほど高価なものではない。むしろ誕生日プレゼントとしては安価なものだろう。

本当はもっと高いプレゼントを渡したかったが、婚約者のディアナに変な勘違いをされても困る。

だから級友として、些細《ささい》なプレゼントを渡したつもりだったが……

『わあ！　ありがとうございます！　とっても素敵なハンカチです。これって、有名ブランドのものですよね？　うれしいです！』

リーゼはとびっきりの笑顔を浮かべて喜んでくれた。

平民のリーゼにとっては何気ないものでも高級品だと感じるのだろう。

あんな反応をした女性は初めてだった。ディアナはリーゼほど感情表現が豊かなほうじゃないからだ。

いつしか僕は、リーゼのことを目で追っていた。

彼女のためになら、いくらでも服や宝飾品を買ってあげた。

ちょっとした出来事でも目を輝かすリーゼはとても魅力的だった。

そして僕たちの仲は徐々に縮まり……先日のパーティーの一件。

気がついたら、あんな状況になってしまったというわけだ。

ディアナが嫉妬するのも仕方がない。だから彼女は地味な格好をやめたんだ。

教室での光景を思い出すと、胸が痛くなる。

黒髪から赤髪になり、もともとの美しさをさらに引き立たせるような化粧をしたディアナにクラスメイトの視線が殺到した。

中にはひそひそと「ディアナ様って、あんなにキレイだったか？」と話をする男もいる。

みんなディアナの美しさに気づいてしまったのだ。

不思議なもので、自分の女が他人に取られそうになると、途端に惜しくなる。

クラスメイトの男たちがディアナの話をするたびに、焦りに駆られる自分に気づいた。

「……うん。やっぱり僕にはディアナしかいない。先日のリーゼとの一件は気の迷いだったんだ」

頬を叩き、気持ちを入れ直す。

ほかの男たちがディアナの魅力に気づいたとしても、彼女は変わらず僕の婚約者だ。

「大丈夫。何も焦る必要はない。彼女は不安だっただけ。リーゼよりディアナのことを愛していると言えば、きっと彼女も安心してくれるはずさ」

そう結論を出し、フィンロスク子爵家――自宅に到着すると、何やら騒々しい。

「一体何が……」

「フリッツ！」

玄関で立ち往生していると、父が慌ただしく駆け寄ってきた。

「どうされたのですか、お父様。ずいぶんと慌てているようですが、何かあったのですか？」

「何かあった……だと？　慌てるのも当たり前だ！　シュミット侯爵家から、お前とディアナ嬢との婚約破棄の申し出があったんだぞ！」

「え……」

一瞬何を言われたのかわからず、聞き返してしまう。

父のあとに続いて居間に向かうと、沈痛な面持ちを浮かべた母の前に一枚の紙が置かれていた。

僕は急いでその紙を手に取る。

そこには、僕とディアナの婚約破棄について事務的な文章が綴《つづ》られていた。

「ど、どうして!?　いきなり！」

「それはこっちも聞きたいくらいだ！　何もないのに、温厚なシュミット侯爵家がいきなり婚約破棄を申し出てくるとは思えん。フリッツ……お前、何か心当たりはないのか？」

父は試すような視線を向けてくる。

その眼光があまりにも鋭く、つい臆してしまった。

心当たり……や、やはり先日の一件のせいか!?

ディアナは僕とリーゼの関係に、嫉妬しただけではなかったのだ。

思えば、教室での彼女の態度だって、不思議なところが多々あった。

あれは近いうちに僕とは婚約破棄をすると決めていたからこその行動だったのかもしれない。

しかし、それを父に伝えられるわけがない。

そんなことを言ってしまえば、大目玉を食らうことは確実だからだ。

「いえ……何も」

「本当か？」

「信じてください！　僕は何もしていません！　そ、そうだ。これは何かの間違いです。すぐにシュミット侯爵を交えて、話し合いましょう！　ちゃんと話せば、きっとすぐに誤解が解けるはず……」

「バカか！　約束もなしに、いきなり押しかけるわけにもいかんだろう！　相手の反感を買うだけだ！」

父の叱責が飛ぶ。

「だったら、どうすれば!?　このまま婚約破棄に応じるおつもりですか？」

「そんなわけがなかろう！　我がフィンロスク子爵家は、シュミット侯爵家から援助を受けている。これもお前とディアナ嬢が婚約したからだ。それがなくなれば、どうなるかわかるだろう？」

「最悪の場合、税金も払えず、爵位が取り下げられるかもしれません……」

「そうだ。だから婚約破棄を回避するためにも、まずは訪問の約束を取りつけなければならない。今から手紙を書く。シュミット侯爵家との話し合いが終わるまでは、お前はしばらく学園を休め。お前がディアナ嬢と顔を合わせたら、余計に話がややこしくなる」

「わ、わかりました……」

父の言うことはもっともなことで、反論できない。現に今日、ディアナと少ししゃべっただけで、彼女が怒っていることは理解できた。

「ああ……どうして、こんなことになってしまったの。これが間違いじゃなかったら、私たちはどうなるのかしら……？」

母は両手で顔を覆い、そのままうつむく。

そんな母にかける言葉は何も思い浮かばなかった。

第二章　思わぬ申し出、そして婚約破棄

あれから数日が経った。

フリッツはあれから学園に来ていない。きっと婚約破棄の通知が実家に届いたのだろう。

彼が学園に来なくなったのは、彼の父――フィンロスク子爵の案に違いない。

フリッツが学園に来て私と顔を合わせたら、何を言い出すかわからないからね。

だったら家でおとなしくさせておいたほうが、フィンロスク子爵も安心できるといったところかしら。

フィンロスク子爵は聡明《そうめい》な人物で、それゆえに私のお父様も彼の息子との婚約に許可を出した。

それなのに、息子であるフリッツはどうしてああなってしまったのだろう。フィンロスク子爵は彼に、何を教えていたのかしら。

そういうわけで私はしばらく平和な日常を過ごしていたが、ある日、帰宅すると、お父様から応接間に呼び出された。

「ディアナ」

対面に座った私に、お父様は重々しい口調で話し始める。

「報《しら》せがふたつある。ひとつはディアナにとってはどうでもいいかもしれない報《しら》せ。そしてもうひ

とつは、私でも良いのか悪いのかわからない報《しら》せだ。どっちから聞きたい？」

「はい？」

つい素っ頓狂な声を上げてしまう。

普通こういうのって『良い報《しら》せ』と『悪い報《しら》せ』の二択をあげるもんじゃない？

……まあいっか。

後者は悪い可能性がある報《しら》せ。ならば前者のどうでもいいかもしれない報《しら》せで、心の準備をしておきたい。

「どうでもいいかもしれない報《しら》せでお願いします」

「わかった。ディアナならそう言うと思っていたよ」

お父様は苦笑しつつ、こう続ける。

「まず、フィンロスク子爵から手紙が届いた。今回の婚約破棄について、話し合いの場を設けてほしいらしい」

「ああ……それ」

なるほど、たしかに私にとってはどうでもいい報《しら》せである。

格上であるシュミット侯爵側が婚約破棄を申し出ているのだから、フィンロスク子爵家は受け入れるしかない。

だが、そう簡単に諦められない理由がある。

基本的に、この国においては爵位の差がある家同士の子どもが婚約した場合、格上の貴族が格下の貴族に金銭的な援助をしなければならない風潮がある。

そうしないと婚約に関わる費用で、格下の貴族が破綻する可能性があるからね。

面子《メンツ》の問題もある。

私たちもその例に漏れず、彼らに多額の援助をしていた。

いきなり援助金を打ち切られることは、なんとしてでも避けたいだろう。

ダメ元かもしれないが、話し合いでなんとか丸く収められれば、フィンロスク子爵としてもそれに越したことはない。

「仕方がありません。話し合いましょう。もっとも……話し合ったところで、私の気が変わることは断じてありませんが」

「うん。私もそうするべきだと思う。あちらが悪いこととはいえ、筋は通すべきだろう」

「フリッツ本人も来るのかしら？」

「間違いなく来るだろうね。彼と顔を合わせたくないなら、ディアナは話し合いの場に出席しなくていい。どうする？」

「ふふっ」

お父様がそんなことを言うとは思わず、つい笑いがこぼれてしまう。

「私も出席します。だって当事者ですもの。逃げるわけにはいきませんわ」

「わかった。ディアナは本当に心が強い女性に育ってくれたね。我が家の誇りだよ」

「だけど……フリッツと顔を合わせたら、悪態のひとつでも吐きたくなるかも。喧嘩《けんか》になったら、ごめんなさい」

「なあに。それくらいは問題ない。やつらは私の大事な娘を傷つけたんだ。ディアナが何も言わなくても、私が手を出してしまうかもしれない」

冗談だと思うけれど、お父様はニヤリと笑う。

それにしても……フリッツなら婚約破棄と聞いたら、訪問の約束を取りつけずに、いきなりシュミット侯爵家に乗り込んでくると思った。

彼はそういう人間なのだ。良くも悪くも、感情が先走ってしまう。

それとも、案外フィンロスク子爵に止められたとか？

……ありえる。

冷静になっているフリッツなんて想像できない。

ほんと、どうして私はあんな男なんて好きだったのかしら？

「じゃあ、フィンロスク子爵に返事の手紙を出しておくよ。話し合いの日時はいつがいい？」

「すぐに……って言いたいけど、まだ先日の怒りがおさまっていないの。冷静に話し合いができないかもしれません。だから少し日を空けてもらってもよろしいでしょうか？」

「了解。……まあ、あまり日を引き延ばすこともできないけどね。フィンロスク子爵の事情というよりこれは私の感情だ。この件を早く終わらせたい」

そう語るお父様の顔は、心なしかくたびれているように見えた。

無理もない話ね。

だって私が先日の一件を打ち明けてから、お父様はあちらこちらへと奔走していたもの。

「どうでもいい話は終わりですね。もうひとつの良いのか悪いのかわからない話とは……？」

「うん。こっちのほうが重要かもしれないんだ」

ピリッと空気が引き締まった感覚がした。

フリッツのことを話しているときとは、また違う空気感だ。

これには私も息を呑む。

「じゃあ言うよ」

緊張のせいか、お父様の声が若干震えている。

「ディアナと婚約したいという申し出がきている。お相手はこの国の第一王子、アロイス王子殿下だ」

そしてこの発言に私は耳を疑うことになったのだ。

◆

私は今、王城に来ている。

今まで王城で開かれたパーティーには、何度か出席したことがある。

でも、あのときは私以外にもほかの人がたくさんいたし、こうしてひとりで王城を訪れるのは初めてのことだった。

「それにしても、アロイス王子殿下は何を考えているのか……」

あのあと、お父様から詳細を聞いた。

——第一王子のアロイス様が私と婚約したいと言っている。

もしよければ、一度会って話がしたい……と。

どうしてこのタイミングなのかと思ったけれど、私とフリッツの婚約破棄の一件を知ったからだろう。

婚約破棄をするためには役所に届けなければならないし、第一王子という立場を考えれば、アロイス様がそれを知っていてもなんらおかしくはない。

それにしても、さすがに早すぎる。

だから、今回のことをアロイス様に教えた犯人がいると思ったんだけど……

「私も驚いたわ」

私の隣に立つ少女。

親友のコルネリアが白々しく言った。

「お兄様、急に言いだすのだもの」

「何言ってるのよ。あなたがアロイス様に教えたんでしょう？　私が婚約破棄をしようとしている……ってことを」

「ふふふ、どうかしら」

「とぼけないで」

「だって、ディアナ。恋をしようにも相手がいないって言ってたじゃない。だからお兄様に教えちゃった」

小さく舌を出すコルネリア。

あざとい仕草かもしれないが、彼女なら純粋に可愛く見えるから不思議。

「なんで相手がいないからといって、それをアロイス様に教える必要があるのよ……」

理解に苦しむ。

「まあ、それは後々追及していくとして……今は目の前のことだわ。アロイス様の前に立ったら、緊張で何をしゃべっていいかわからなくなるかも」

「あら。お兄様と同じ王族である私と、いつもしゃべってるじゃないの。その調子でお話しすれば大丈夫なのよ」

「そういうわけにもいかないでしょ。それに……コルネリアは王族っぽくないから」

「心外ね」

実際、コルネリアは王位を継ぐことをほとんど期待されていないため、王族にしては自由に振舞えている。誰にでも気軽に話しかけるコルネリアだからこそ、男女問わず人気があった。

「なんにせよ今回の件、あなたにも責任取ってもらうんだからね！」

「はーい」

間延びした返事をするコルネリア。

私ひとりでアロイス様と話すなんて、考えただけで胃が痛くなる。だからといって、第一王子からの話を無視するわけにはいかない。

そこで私は話し合いの場に、親友のコルネリアも一緒にいてもらうことにした。

最初はお父様とお母様も……って考えた。

しかしふたりがいても、緊張することには変わりない。

まだフリッツとの婚約破棄が正式に成立していない段階で、両親を交えて話をするのは早いと思ったしね。

コルネリアが隣にいてくれるなら、これ以上心強いことはない。

私とフリッツとの一件を教えた犯人でもあるし、同席してもらうには彼女が適任だろう。

「行くわよ」

「うん」

軽い足取りで王城に入るコルネリアのあとをついていく。

コルネリアが歩くと、使用人たちはこぞって立ち止まり頭を下げる。彼女もさっと手を上げて、微笑みで応えた。

……今さらだけど私、とんでもない人と友達なのよね。

こういうのを見ると、彼女は本当に王女なんだと実感が湧く。

やがてコルネリアは、応接間の前で立ち止まる。

「この中でお兄様が待っているわ。行きましょう」

「ちょ、ちょっと待って。まだ心の準備が……」

そう言いかけるが、彼女は気にせず応接間の扉を開けた。

「来てくれたか」

応接間の奥の席に座っていた男性が、ゆっくりと顔を上げる。

――アロイス・ベラドリア第一王子。

歳は私の三つ上。

過去には、私とコルネリアが通っている学園に在学していた。

私たちの入学と入れ違う形でアロイス様は卒業してしまったけれど、その伝説的な逸話は耳に入っている。

いわく、アロイス様は文武両道。

勉学においては在籍中、首席の座を一度もほかの誰かに譲ったことはないという。

さらに、一年生から生徒会長を務め、数々の功績をあげたというのも有名な話。

学園の生徒会は、平民のそれとは一線を画し、強大な力を持つ組織。

過去の生徒会長の多くはその後、国の中枢で重要な仕事に就いている。将来的に国政のリーダーを目指す者にとって、この学園の生徒会はまさしく登竜門だとも言えるだろう。

そんな彼が考案した学園規則や施設は、今でも在学生や教師からの評判が高い。

しかもアロイス様、とってもおモテになる。

『完璧』を絵にしたような素敵な方だけど、不思議なことに今まで婚約者がいなかった。

そのことがさらに令嬢たちの勢いに拍車をかけ、パーティーに出れば彼女たちはこぞってアピー

ル合戦を始めたという。

それなのに、どうして私なんかに婚約を申し出てくれたんだろう？

自分で言うのもなんだけど、私はそこまで目立つ令嬢じゃない。侯爵令嬢とはいえ、王族の方々と比べると足元にも及ばないしね。

将来、国王陛下になることを期待されているアロイス様の婚約者は、おのずと王妃になることを求められる。

それなのに、彼が私をわざわざ選ぶのは疑問だった。

「くくく、緊張しているな」

緊張のせいで入り口から一歩も動けずにいる私を見て、アロイス様はくつくつと笑いをこぼす。

「ディアナ。そう緊張しなくていいのよ。あなたらしくないわ」

隣のコルネリアが安心させるように微笑む。

……やっぱり、コルネリアについてきてもらって良かった。私ひとりじゃ、ここでずっと石のように固まっていたかもしれないわ。

「す、すみませんでした。初めまして、私はディアナ・シュミットと申します。このたびの婚約の申し出、とても光栄で――」

「初めまして……か」

何か引っかかったのか、アロイス様が不満そうにする。

あれ……？

もちろん、国の祭典でアロイス様を遠目から眺めたことは一度や二度の話じゃない。

そうじゃなくても学園の卒業生として何か節目の際は、彼が姿を現すのは珍しくなかった。

だけど、こうして話すのは初めてなのはたしかなはず。

アロイス様からしたら、たかが一令嬢である私なんて気にかけていないと思っていたけど……

「初めまして、ではないのですか？」

「違う。君は覚えていないかもしれないが、俺たちは一度会って、言葉を交わしたことがある」

「え……」

わ、私、やっちゃった⁉

覚えていないなんて、王子相手に失礼すぎるんじゃ⁉

どうしよう……

必死に記憶を遡《さかのぼ》ってみるけれど、やっぱり思い出せない。

だけどアロイス様と言葉を交わす機会なんてあったら忘れるはずがない。私の記憶違いじゃないと思うんだけど……

コルネリアに助けを求め隣を見るが、彼女はニコニコと笑みを浮かべているだけ。

「あれは十年前のことだ。そう、君は王城で開かれるパーティーに来ていた。そのとき、困っていた俺に声をかけてくれただろう？」

じゅ、十年前？

ってことは、私がまだ八歳のとき。記憶にないのも仕方がない……とはならないか。さすがに八歳とはいえ、王子様と話していたら忘れないはず。

たしか私はあのとき、両親と一緒にパーティーに来ていた。

『ディアナの社交界デビューだ！』と両親が私以上に張り切り、高いドレスをプレゼントしてくれたことを覚えている。

そのパーティーで私はたしか……

「あ」

ひとつだけ思い当たり、私はつい声を上げてしまう。

「思い出してくれたか」

少しうれしそうなアロイス様の声。

「も、もしかして、アロー君⁉」

◆

十年前。

王城で開かれたパーティーに、私は初めて出席することになった。

そのパーティーは貴族が自分の子どもたちを連れてきて、お互いに挨拶《あいさつ》を交わす。いわば、子どもの社交界デビュー場のようなもの。

そこまで気を張る必要はなかったけれど、それなりに緊張していた私は両親と一緒にほかの子息と令嬢たちへの挨拶《あいさつ》がひと通り終わったあと、フラッと中庭に出た。

さすがは王城。

中庭は広くてキレイ。いたるところに花が植えられていて、思わずそれに目を奪われてしまう。

そんなとき。

中庭の片隅でしゃがんでいる、ひとりの男の子を見つけた。

体調が悪いのかな？

心配になって、私は彼に近づく。

「どうしたの？」

声をかけると、しゃがんだまま彼は顔を上げた。

可愛らしい顔をした男の子。

目にはうっすらと涙が浮かんでいて、実際の大きさ以上に体がちっちゃく見えた。

ここにいるってことは、彼もパーティーに出席している子のはず。だけど、会場で見かけた覚えはない。

「人がいっぱいいて、怖いんだ。ちょっとでもミスがあったら、お父様に怒られるし……」

そう答える彼の声は自信のなさを表しているのか、とてもか細く聞こえた。

「そんなこと、どうして気にするの？」

私は彼の頭を撫でて、こう続ける。

「みんな、あなたのことが嫌いじゃない。もっと胸を張って、パーティーにいればいいんだから！」

「そういう君は怖くないの？」

「私？　全然。だって大好きなお父様とお母様がいるもの！」

彼を元気づけるように、私は明るい声で言う。

「……君はすごいんだね。僕とそう変わらない歳に見えるのに、肝が据わっている」

「肝が据わってる？　って、どういう意味？」

「ドキドキしたり、怖がったりせずに、落ち着いていられるってことだよ」

「ふ～ん、そうなのね。私はそんな言葉、知らなかったわ。あなた、すっごい頭がいいじゃない！

やっぱり、あなたはもっと自信を持つべきよ！」

「……そうかもしれないね。君を見てたら、なんだか元気が出てきたよ」

彼は腕で涙を拭い、キラキラした笑顔を浮かべる。

可愛い顔立ちが、笑うとますますまぶしくて、このほうがいいな。

「ありがとう。良かったら君の名前、教えてもらってもいいかな？」

「ディアナよ」

「良い名前だね」

「あなたのお名前も教えて」

「僕は……」

彼は少し迷う素振りを見せてから、こう名乗った。

「……アロー。アローっていうんだ」

「アロー君ね。あなたも良い名前ね！　さあ、私と一緒にパーティー会場に戻ろ」

「惹《ひ》かれる提案だけど……僕はもう少しここにいるよ。あっ、だけどもう大丈夫。ちょっと気を落ち着かせてから、戻りたいだけ」

「あら、そう」

そう言って、私は彼と別れた。

それから成長して『アロー君』という子息には出会ったことがない。気になってお父様とお母様に聞いてみても、『アロー君』という名前に心当たりはなかった。

一体、彼はなんだったんだろう？

子どもながらに疑問だったが、時が経つに連れて、次第に『アロー君』のことが記憶から薄れていった。

◆

「あの少年が、アロイス様だったんですか!?」

「そうだ。思い出してくれて、良かった」

アロイス様はいたずらな笑みを浮かべる。

「だけど、あのときとは全然雰囲気が違いますし……」

なんなら、あまりにちっちゃく見える少年――アロー君のことは歳下だと思っていた。

「まあ、十年も経ったら嫌でも変わるさ。ひとつ謝らなければならないのは、あのとき偽名を名乗ったことだ。俺が第一王子だとバレたら、君が畏縮してしまうと考えた。だから『アロー』と名乗らせてもらった」

「それはいいのですが……」

アロイス様は至極当然の判断をしたと思う。

再度、アロイス様を見据える。

その顔はよくよく見ると、アロー君の面影を残している……ような気もする。だけど十年前の弱気な少年と今のアロイス様の姿は、どうしてもイメージが重ならない。

だってあの少年が第一王子で、こんなに素敵な男性になるとは思わないじゃない？

「俺はあのとき、君の言葉で変われた」

昔を懐かしむようにアロイス様は続ける。

「君を見て決心したんだ。君のような強い人になる。そして……もし俺が結婚するなら、君しかいないと」

強い人……そう言われて胸がドキッとする。

学園でも数々の伝説を打ちたて、その能力の高さから人気もあるアロイス様こそ、まさしく強い人だ。

私にとっては雲の上の存在で、結婚なんて夢のまた夢。

そんな彼に褒められてうれしいのは事実だけど、なぜだろう？

ふわふわした気持ちで、いまいち実感が湧かない。

「いざ君に婚約の申し出をしようとしたとき……すでに君には婚約者がいた。あのときはひどく落胆したものだよ」

「お兄様、しばらくふさぎ込んでいましたものね。見ていられませんでしたわ」

コルネリアが口にする。

ってことは、彼女はアロイス様から一連の事情を聞いていたんだろう。

「そして先日、コルネリアから君が婚約破棄をしようとしていることを聞いたんだ」

「それで婚約の話を……ということですか」

「そうだ。もちろん、突然の話で混乱しているだろう。返事はすぐじゃなくてもいい。だが、これだけは言える。俺は君を絶対に幸せにする」

まっすぐ私を見つめ、アロイス様が言い放った。

……うん。やっぱり今の自信満々なアロイス様とアロー君とでは、全然イメージが重ならないわ。

彼が変わったのは私が原因……と言われても、やっぱりまだピンと来ない。

盛大なドッキリだと言われたほうがまだ納得ができる。

まあそんな悪趣味なこと、アロイス様はしないだろうし、する必要もないわけだけど。

「お、お心遣い、誠にありがとうございます。すぐにお返事させていただきたいところですが、婚約破棄に関する手続きがまだ完了しておりません。それに決着がつき、気持ちの整理がついたところで……あらためて、お返事とさせてもよろしいでしょうか？」

「もちろんだ。断られることも考慮に入れていたので、そういう返事で俺は安心してるよ」

もし——とアロイス様は続ける。

「婚約破棄の一件でトラブルが起こりそうだったら、いつでも俺を頼ってくれ。君が納得する結果になるように尽力しよう」

アロイス様のその言葉でその場は終わった。


応接間を出ると、いの一番にコルネリアが謝ってきた。

「ごめんなさい。お兄様から『俺の口から言いたい』って、口止めされていたの。事情を説明するのが遅れたわ。多少強引だったと反省しているけど……私はディアナにもお兄様にも幸せになってほしいの。だからお兄様にディアナとフリッツのことを伝えたってわけ」

「そのことはいいわ。ちょっとビックリしただけだから」

コルネリアが私の幸せを心から願ってくれるのは伝わるし、彼女なりに動いてくれたのだから感謝しかない。

実際、悪い話じゃないしね。

「それで……どうするの？　お兄様との婚約、受けるの？」

「……まだわからないわ。アロイス様にも言ったけど、フリッツとの婚約破棄の話し合いも済んでいないからね。正直な話、それが終わるまではほかのことなんて考えられないわ」

これが普通の貴族相手なら、私もここまで混乱しない。

しかし相手はこの国の第一王子。

このまま順当にいけば、アロイス様は王座につくことになるだろう。

もし私が結婚したら、王妃として、彼とともに国民を導いていかなければならない。

貴族だからそういう可能性もあると頭ではわかっているつもりだったが、まさか現実で起こるなんて……完全にキャパオーバー。

「うん。ディアナが納得する答えを見つけられるまで、落ち着いて考えればいいわ。だけど、これだけは忘れないで。私はいつでもあなたの味方。もしあなたが今回の話を断ったとしても、私たちはずっと親友のままなんだから」

コルネリアの優しさに、うれし涙がこぼれ落ちそうになった。

◆

とうとうフリッツたちとの話し合い当日。

私は今日までアロイス様の話が頭の中でぐるぐるして、ほかのことが手につかず、ほとんど準備をせずに当日を迎えてしまった。

だけど、私の気持ちは固まっているのは事実。

フリッツなんて、きっぱりと捨ててやるわ。

お昼過ぎにフリッツとフィンロスク子爵がやってきた。

応接間で、対面にはフリッツとフィンロスク子爵。私の両隣にはお父様とお母様が座る。

いざ戦いの始まりだ。

「本日はお忙しい中、お時間をとっていただきありがとうございます」

フィンロスク子爵が頭を下げる。

続いて、フリッツも軽くお辞儀をした。

「ご相談したいのは婚約破棄の一件です。おそらく私どもに不手際があり、あなたがたの不興をかったのでしょう。まずはそれをお詫び申し上げます」

フィンロスク子爵の声は硬いが、そう言いながら、こちらの表情や動きを探っているようだった。

少しでも負い目を作らないように、私は毅然《きぜん》として彼の目をまっすぐ見つめ返す。

「ですが、今回の婚約破棄はまさに寝耳に水の話。双方に誤解があるかもしれません。理由もわからず婚約破棄にいたるのは、私どもといたしましても不服です。具体的な理由について、お聞きしてもよろしいですか？」

え……？

違和感しかない。

「フィンロスク子爵は息子から理由を聞かれていないのですか？」

お父様も私と同じ感想を抱いていたみたいで、声に若干の怒気をはらませて問う。

「いえ……何も。フリッツからは今回のことは突然すぎて、何も心当たりはないと聞いています」

フィンロスク子爵がそう言うと、フリッツは私からさっと視線を逸らした。

呆れた……

どうやらフリッツは、先日の一件を父に何も伝えていないらしい。あれだけが理由というわけではないが、きっかけとなったのは明らかなのに。

きっと、正直に言ってしまえば父であるフィンロスク子爵を怒らせてしまうと考えたからだろう。なんて浅はかな考え。

黙っておくほうが、あとあと大きな怒りを爆発させてしまうことになるというのに。

「あまりにお粗末な話ですわね」

さすがにこれには、お母様もため息をつく。

「ディアナの口から語らせるのも酷なので、娘から聞いている話を私が言いましょう。あなたの息子、フリッツは……」

お父様は本当は今すぐにでも怒鳴り散らしたいんだろう。だが、怒りをぐっとこらえ、冷静な口調でフリッツの不貞行為について語り出した。

フリッツとリーゼが口づけを交わしたところまで話し終え、フィンロスク子爵の目がかっと見開く。

「フ、フリッツ……シュミット侯爵が語ることは本当か？」

「じ、事実としては間違っていません。しかし誤解です！　僕とリーゼはそんな仲ではありません！　ただ、あのときは場の空気も相まって……」

「バカ者が！　貴様がどう考えていようと、不貞行為をしたことは事実だろうに！　言い訳よりもまずは謝ることが先だ！」

取り繕おうとするフリッツを、フィンロスク子爵が叱責する。

これでも怒りを抑えたくらいだろう。今すぐにでもフリッツを殴りたいはず。

「……す、すみませんでした。フリッツから何も聞いておりませんでした」

「愚かですな」

「はい……返す言葉もありません。ああ、どうしてこんなふうに育ってしまったのか。これはフリッツの教育方法を間違えた私どもの責任です」

フィンロスク子爵が謝罪を重ねる。

頭を下げている父を見て、フリッツは今にも泣きそうである。

「こうなっては、婚約を白紙にするのも仕方がない話です」

「そうですな。私どもとしてはどれだけ説得されても、譲る気はない。それはディアナも同じだ。そうだね？　ディアナ」

「はい。フリッツと今までのような関係を築くことはできません」

私はきっぱりと答える。

もうフィンロスク子爵は反論しようとしなかった。

フリッツはまだ何か言いたそうだったけどね。

とはいえ、ここまですんなりと婚約破棄を受け入れるのは、私としても違和感がある。

フィンロスク子爵としても、我が家からの援助金を打ち切られるのは、なんとしてでも避けたいだろうに。

それでも婚約破棄を受け入れるのは、この先の布石を打っているように感じた。

「私どもの不徳の致すところです。無論、慰謝料についてもお支払いします。しかし……それを踏まえて、あなたがたにひとつお願いがあります」

お願い？

なんなのかしらと思っていると、フィンロスク子爵は椅子から立ち上がり、地面に両手両膝をつける。彼は額を床にこすりつけて、こう続けた。

「どうか……！　婚約破棄ではなく、婚約解消としていただけないでしょうか！」

……ああ、そう来るわけね。

婚約破棄と婚約解消。

前者はどちらか一方の責任を問うが、後者は性格の不一致や両家の事情が変わったなどを理由にすることが多く両家の責任を問わない。

慰謝料を払うと言っているのだから、フィンロスク子爵はフリッツに責任があることを認めた。

しかし今だったら、それも内々のことで済ませられる。

もしフリッツ有責で婚約破棄となった場合、彼に何か大きな問題があったんだとほかの人たちは判断する。

そのような人間に、自分の大切な娘を嫁に出したいと思う人は少ないだろう。

つまり、フリッツが今後有力な貴族と婚約できる可能性が低くなってくる。

だからこそ、フィンロスク子爵は婚約を白紙にすること自体はすんなりと受け入れ、婚約解消というていにしたいという本命の提案を通そうとしているに違いない。

「ち、父上⁉　頭を上げてください！　僕は父上のそんな姿など見たくありません！」

「この話し合いはもう、そういう段階ではないのだ！　毒杯を飲んででも我が子の将来を守りたいと考える親の気持ちが、どうして貴様にわからぬのだ！」

フリッツもすぐに椅子から立ち上がり、フィンロスク子爵の顔を上げさせようとする。

しかし彼はフリッツにちらっと視線をやり怒声を上げるだけで、決してもう一度席に着こうとはしなかった。

「なるほど……婚約破棄と比べて、比較的穏便な婚約解消としたいわけですか」

お父様はすぐに答えを返さない。

「フィンロスク子爵がそう考えるのも当然の話でしょう。答えるよりも前に、ディアナの気持ちを知りたい。ディアナはどうしたい？」

私の顔を見るお父様。

ちょっとワクワクしているような表情だ。

この調子だと、私がどう答えるのかわかっているようね。

そして、それは当たっているだろう。

私はにこっと微笑みを浮かべて、フリッツたちにこう言い放つ。

「許しません。子爵側の提案、お断りします」

「そ、それは……！」

フィンロスク子爵は食い下がる。

フリッツがまた、ほかの有力な令嬢と婚約できれば、我が家からの援助金を打ち切られたとしても、立て直すことが可能だから、フィンロスク子爵はその可能性にすがるしかない。

「ディアナ！」

フィンロスク子爵が次の言葉を紡ごうとするよりも早く、テーブルから身を乗り出して、叫んだのはフリッツだ。

「薄情すぎないか!?　僕と君の仲じゃないか。僕は本来、婚約を白紙にするのも嫌だったんだ。だが、お父様と相談して、最大限譲歩した形で収めようとしている。どうして僕の配慮をわかってくれないんだい!?　君がそういう人間だったなんて幻滅だよ！」

「薄情？　譲歩？」

フリッツの言っていることがあまりに身勝手すぎて、私はつい鼻で笑ってしまう。

今回の婚約破棄はフリッツが原因。

なのに婚約解消だなんて……世間の人は私にも問題があったと考えるだろう。

無論、有責となったフィンロスク子爵側よりはマシかもしれない。

だけど私はこれっぽっちも悪くないのに、少しでも責任が問われるようになることを許すわけにはいかないわ。

「ディアナ！　もっと話し合おう！　パーティーでの一件は、一時の気の迷いだったんだ。たった一度だけの過ちも、君は許してくれないというのかい!?」

「一度だけ……あなたがそう思っているなら、やはり話し合う余地はありません」

実際、あのパーティー以前にも、たびたびフリッツは私よりリーゼを優先する真似《まね》をしてきた。

そして再三、私はそのことを注意してきた。

それなのに一度だけですって？

ここに両親がいなければ、フリッツに怒りを爆発させてしまっていたかもしれないわ。

「君も婚約破棄となって、次の良い相手が見つかるのかい？　君には僕しかいないんだ。誰も君の婚約者候補に手を挙げないに決まっている！」

「……！　私はあなたなんかいなくても、十分やっていけるわ！　実際、次のお相手が……」

ハッとなって口元に手を当てる。

しまった……こんなところで、フリッツの喧嘩《けんか》を買う必要なんてないはずなのに。

フリッツは首をかしげている。

私の気持ちに最後まで気がつかなかった男だ。鈍感さには定評がある。

「……やはり、あの噂《うわさ》は本当でしたか。アロイス殿下に婚約を申し込まれた……と」

しかしフィンロスク子爵は、フリッツほどバカじゃなかったみたい。

聞き取れるか取れないかの微妙な声量で漏らした。

「あなたがたには関係のない話ですな」

すかさず、お父様が「これ以上の追及は許さない」と言わんばかりに、厳しい視線を向ける。

「ごもっともな話です。申し訳ございません」

フィンロスク子爵が再度頭を下げる。

どうしてあのことをフィンロスク子爵が……と思ったけれど、そうおかしな話ではないかもしれない。

なにせ、次期国王陛下筆頭であるアロイス様の婚約だ。しかも彼は今まで婚約者を決めてこなかった。

アロイス様が私に婚約を申し出たことだって、彼ひとりで決めたわけではなく、場合によっては陛下にも根回しをして、許可を取っているはず。

そうなってくると私、そしてアロイス様を紹介してくれたコルネリアだけが、今回の話を知っているわけではない。

フィンロスク子爵は普段、役人のひとりとして王城で働いていると聞く。どこからか情報が漏れ、彼の耳に入ってしまったんだろう。

「アロイス殿下……？　婚約？　一体、なんのことだ……？」

それを聞いてもフリッツはピンときていないのか、混乱している様子だった。

私がアロイス様と結婚する可能性なんて、彼ごときの頭では思いもしないんだろうけど。

「話し合いはこれで終わりです」

不穏な空気を感じ取ったのか、お父様が話を締めにかかる。

「婚約解消など生ぬるい。当初の予定通り、フリッツ・フィンロスク子息有責で婚約破棄させてもらおう。慰謝料については調整する。フィンロスク子爵もそれでいいですな？」

「再度、ダメを承知で聞きます。どうにもならないのですか？」

「どうにもなりません」

「……わかりました」

歯を噛み締めて、フィンロスク子爵が苦しそうに首肯した。

「お父様！　僕はまだ納得していません！　簡単に諦めてはなりません！」

「貴様は黙っていろ！　ことの重大性をまだ理解していないのか！」

フリッツは食い下がろうとするが、フィンロスク子爵にすごい形相で叱責され、慌てて口を閉じた。


その後、書類にお互いの署名を交わし、私とフリッツの婚約破棄が正式に決定したのであった。

◇◆◇

帰りの馬車の中。

僕と父の間には重々しい空気が流れていた。

「お父様……僕はこれから、どうなるんでしょうか？」

恐る恐る口を開くが、父から返ってきた言葉は投げやりなものだった。

「……知らん」

「え？」

「私こそ、どうしていいかわからぬのだ。これで援助金は打ち切られ、爵位を維持するためには、今までよりも生活は質素になるだろう。しかも婚約破棄は外聞が悪すぎる。ああ……今まで順調だったのに……」

頭を抱える父。

もう何もしゃべりたくなさそうだが、この雰囲気には耐えられない。

「それにディアナのこともです。最後、ディアナがアロイス殿下に婚約を申し込まれたと聞こえましたが……僕の聞き間違いですか？」

「聞き間違いではない。私も噂《うわさ》を聞いたとき『そんなバカな』と思っていたが、シュミット侯爵とディアナ嬢の反応を見て確信した。今まで誰とも婚約してこなかった第一王子。殿下が選んだのはディアナ嬢だ」

「ど、どうしてディアナが選ばれたのですか？　爵位的にはそこまでおかしな話でもありませんが、アロイス殿下が彼女を選ぶ理由が思いつきません」

「私が知るか！　貴様はそんなことより、今後の身の振り方について考えていろ！」

父の怒声は馬車の外にまで聞こえそうなくらいに大きく、身がすくんでしまった。

つい数日前には、こんなことになるとは思っていなかった。

ディアナは僕のことなんて、これっぽっちも好きじゃなかったのだろうか？

このまま、彼女はアロイス殿下と結婚する……？

ディアナと殿下が仲睦《なかむつ》まじく話している光景を想像すると、胸が張り裂けそうになる。

そして頭に浮かんだのは、リーゼの顔だ。

リーゼ……僕は君に会いたい。

今、この傷ついている心を癒やしてくれるのは彼女くらいだ。

最近では学園にも行っていないので、しばらく彼女に会えていない。

彼女のことを思い、両手をぎゅっと握った。

◇◆◇

フリッツとの婚約破棄も無事に成立し、彼が学園に通ってくるようになった。

しかし久しぶりに学園に来た彼は、今までと雰囲気が違っていた。

なんというか、常にうつむき加減でまとっているオーラも暗い。ろくにご飯を食べていないのか、頬が少し痩せこけている気もする。

周りのクラスメイトはフリッツの変貌っぷりに、戸惑いを隠しきれないようだった。

だけど私がどうこうできる問題でもないし、する必要もない。

なのでいつも通り学園生活を送り、放課後となった。

「ディアナ、良かったわね」

帰り支度をしていると、コルネリアが話しかけてきた。

当然、フリッツのことだろう。もちろん親友のコルネリアには婚約破棄が成立したことを、すでに伝えている。

「ええ」

「すっきりした顔をしているわよ。何か変わった？」

「うーん……どうかしら」

もっと気持ち的にすっきりすると思ったけど、まだ日が浅いせいで実感が湧かない。フリッツとの件だけでもお腹がいっぱいなのに、そのうえアロイス様との婚約話もあるからね。

考えることが多すぎて、頭がショートしそうというのが本音。

「ほら、ほかの男たちも、ちらちらとあなたを見ているわよ」

「そう……かしら？」

ただ見られているだけではなく、なんというか、視線の性質が変わっている気がする。

「そうよ。今はみんな、あなたがフリッツと婚約していると思っているから、声をかけてこないだけど婚約破棄のことが知れ渡れば、また違ってくるわよ」

「コルネリア、さっきからちょっと声が大きいわ」

「あら、ごめんね」

悪びれずにコルネリアが小さく舌を出す。

まあ放っておいても、私がフリッツと婚約破棄をしたことは直に知れ渡ることになるだろう。

そしていずれはアロイス様のことも……

フィンロスク子爵のように一部は知っているかもしれないけど、まだ周知されているわけではなさそう。

「ここじゃあ、ちょっと話しにくいわね。ディアナ、このあとの予定何かある？」

「特にないけど」

「だったら、喫茶店でも行かない？　おいしいスイーツを出す店を見つけたのよ」

第三王女である彼女は王位継承の可能性がほとんどないこともあって、比較的自由にさせてもらっている。

とはいえ、護衛もなしに王女が街中を歩くのは、さすがに危ない。そう思って昔「護衛も付けないでお出かけするなんて大丈夫？」と聞いたことがあったが、どうやら見えない位置から彼女を見守っているらしい。

そりゃそっか。こうしている間にも、どこかで護衛がコルネリアを見守っているはず。

何かあればすぐに対応してくれるだろう。

「ぜひ！」

即答する。甘いものには目がない。

「じゃあ行きましょう」

コルネリアに手を引っ張られて、教室を出る。

その際、フリッツの横を通り過ぎた。彼は手を伸ばし、何か話しかけようとしてきたけれど……すぐに口を閉じた。

婚約破棄の話し合いをしたばっかりだっていうのに、まだ言い足りないのかしら？

でもお生憎様《あいにくさま》。あなたとおしゃべりしている時間なんてないわ。

心の中であっかんベーと舌を出し、私はコルネリアと喫茶店に急ぐのであった。

第三章　過去の男を振り返る暇はありません

「おいしい！」

喫茶店にて。

私はおいしいカヌレと紅茶に舌鼓を打ち、そう声を上げた。

「気に入ってもらえて、良かったわ。ここのカヌレ、おいしいでしょ？」

「うん！」

口に入れた途端、カラメルの程良い甘さが伝わってきた。甘くなった口に紅茶もよく合う。

よほどおいしそうにカヌレを食べていたのか、対面のコルネリアが私をニコニコと眺めている。

「それで……さっきの会話に戻るけど、婚約破棄の件が知れ渡れば、いろんな男性があなたに声をかけてくると思うわ。婚約者になってくれ……って」

「そんな、まさか」

「自覚はないみたいだけど、今のあなたはそれほど魅力的。こんなに美しい女性を放っておくほど、学園の男どもはバカじゃないわ。もっとも……それを手放してしまった愚か者も、中にはいるけど」

肩をすくめるコルネリア。

無論、愚か者とはフリッツのことだろう。

「でも……困っちゃうわ。アロイス様の話があるし」

「困る必要なんてないわ。それにお兄様のことなら、気にしなくていいのよ？　まだ婚約の話をされただけなんだから。ほかの方が良かったら、そちらを優先してもいい」

「そういうわけにはいかないでしょ。相手はこの国の第一王子なのよ？」

「将来的に国を背負うかもしれない立場なのよ？　たったひとりの女を落とせなくて文句を言うほど、お兄様は狭量じゃないわ」

簡単に言ってくれるわね……

自分のことじゃないからなのか、コルネリアはさっきからずいぶんと楽しそうだ。

「だけどやっぱりダメ。まだそういうのは、ちゃんと考えられないわ」

「ゆっくり考えたらいいと思うわ。あなたが男漁《あさ》りするような女じゃないとわかってるしね。誰かさんみたいに」

誰かさんというのはリーゼのことだろう。

いろんな男に声をかけるリーゼは、男漁《あさ》りをしに学園に来たのだと言われても仕方がない。

これが平民の学校なら良かったのかも。

だけど、私たちが通うのは貴族の学園。すでに婚約者がいる男性もたくさんいる。それらにまとめて声をかけるリーゼは、やはり目に余るとしか言いようがない。

「知ってる？　リーゼの親衛隊ができたらしいわよ」

「親衛隊」

「うん。彼女を囲む男たちで結成された集団よ」

「なんだか怖いわね……ってか、中には婚約者がいる男もいるでしょうに。何を考えているのかしら？」

「何も考えてないんじゃない？」

皮肉交じりにコルネリアが言う。

けど、親衛隊の存在は気になるわね。リーゼの機嫌を損ねてしまえば、親衛隊の方々がしゃしゃり出てくるかもしれないし。

「ディアナなら言わなくてもわかってると思うけど……あの子には気をつけなさい。親衛隊のことといい、何かあるかもしれないから」

「もちろん」

私はうなずく。

コルネリアの言う通りリーゼの動きには注視すべきだ。

もし仮に彼女と話すことがあれば、ボロを出さないように気をつけなくっちゃね。

◆

翌日。

いきなり、その機会は訪れた。

放課後、私はリーゼに「話したいことがあります。ひとりで屋上に来てください」と呼び出された。

「何を考えているのかしら？」

昨日、コルネリアと話したばかりということもあって、戸惑いを隠しきれない。このタイミングだとフリッツとの一件についてだろう。

「ディアナ、行くつもり？」

コルネリアにこのことを相談すると、彼女は私にそう問いかけた。

「まあ……嫌だけど、無視するわけにはいかないでしょ」

リーゼはあんな子だけど、男性からの人気は高い。

ここで私が約束をすっぽかせば、あとで何を言いふらされるのかわかったものではないわ。

「気をつけてね。さすがに学園の中で、リーゼも下手なことはしてこないと思うけど」

「わかってる」

コルネリアに見送られ、私は屋上に向かう。そして屋上に着くと、リーゼがすでにいた。

私たち以外に人はいない。複数人で待ち構えられているんじゃないか……と警戒していたが、取りあえずそれはないらしい。

「ディアナさん」

彼女が私に気づき、顔を向ける。

何を言い出すのかと身構えていたが、彼女は予想だにしない行動に出た。

「ごめんなさい！」

勢いよく頭を下げ、謝罪したのだ。

「フリッツ様との話を聞きました」

「話？」

「彼との婚約を破棄されたんですよね？」

はあ……

思わず、心の中でため息をついてしまう。

私やコルネリアからリーゼに婚約破棄のことを伝えるはずがない。

他の場所でしゃべる場合も、周りに聞かれないように注意を払ったつもりだ。

なのに、彼女は知っていた。

そうなると、考えられることはひとつだけ。

フリッツが彼女にぺらぺらとしゃべったものとしか思えない。

いずれはリーゼも知るが、わざわざフリッツがそれを教える必要もないだろう。

彼の軽率さに怒りを覚えた。

「そうね。もう彼との関係は元に戻らないだろうから」

「わたしのせいですよね……先日のパーティーが原因でしょう？」

肩を落とすリーゼ。

「今日はどうしてもこのことをディアナさんに謝りたくって……」

「謝る必要はないわ。だってもう終わった話ですもの」

それとも、こいつもフリッツみたいに「誤解がある」と言い訳するつもりだろうか？

しかし予想とは違い、リーゼは真面目な顔をしてこう続けた。

「軽率な真似《まね》をしてしまい、すみませんでした。あのときは気が動転してしまいましたが、言い訳はしません。わたしの責任です。どのような報いも受けるつもりです」

「……へえ」

思わず声を漏らしてしまう。

よくよく考えると彼女の態度こそが正解かもしれない。

だけどフリッツの惨めったらしい言い訳を経験済みだったので、やっぱり意外だった。

「いいのよ。最初にも言った通り、もう終わった話だから。どちらにせよ、私とフリッツの関係は終わっていた。あれは引き金になっただけ」

実際のところ、私はリーゼよりフリッツへの怒りのほうが何倍も大きい。リーゼに何を言われようが、それに乗ってしまったのはフリッツだからだ。

「……自分は平民だと言い訳をするのは間違っていますが、わたしはまだ貴族の作法をわかっていなくって。わたしの出身の村では、男女の隔たりなく自由に話していました」

「まあ貴族じゃなかったら、そういうものかもしれないわねえ」

「わたしはその気がないのに、男子たちは近寄ってきて……仲良くしてくれるのがうれしくて接していたら、大ごとになることも多いんです。こんなのはダメだダメだ……と思っていても、あちらから話しかけてきたら無碍にするわけにもいかず……」

「まあ、その辺のいなし方は徐々に覚えていくしかないでしょうね。だけどそれがわかるまで、気をつけたほうがいいわよ」

「はい。ご教授、ありがとうございます」

素直にうなずくリーゼ。

この子……意外と良い子？

いや、待て待て。そう考えるのは早計だ。なにせ、相手は数々の男を手玉に取ってきた悪女。胸の中で何を考えているかわかったものではない。

とはいえ、フリッツみたいにわかりやすくなく、表面上は謝っているので怒るわけにもいかない。

引き続き、警戒心を高めておくにとどめる。

「わたし、ディアナさんのような女性に憧れているんです。最近はさらにおキレイになって……」

「あら、ありがとね。あなたも十分可愛いと思うわ」

「ありがとうございます。恐縮です。あなたのことは周りの男子も噂《うわさ》しているんですよ？　素敵な女性だ。婚約者がいなかったら、俺が求婚していたのに……って」

男って現金なものねえ。見た目を変えたくらいで、すぐにそんなことを言い出すなんて。

それを思えば、十年前から私のことを想ってくれていたアロイス様は、かなり誠実な方かもしれない。彼の端整な顔立ちが頭の中に浮かんだ。

「そんなあなただからこそ、あの方に求婚されたんでしょうね。まったく不思議ではありません」

「はい？」

聞き捨てならない言葉が聞こえてきて、つい変な声を上げてしまう。

「あなた、なんと言ったの？」

「え？　フリッツ様から聞いていますよ。この国の第一王子――アロイス様に婚約を申し込まれたって」

リーゼが首をかしげて答える一方、私は唖然としていた。

……フリッツ。そんなことまで、この子に教えたの⁉

フリッツとの婚約破棄の一件は、百歩譲っていいとしよう。

だけどアロイス様との婚約話は、国にとってデリケートな部分になる。アロイス様と婚約する人は、おのずと王妃になる可能性が高くなるから。不用意にぺらぺらとしゃべっていいものではない。

フリッツの口には羽でも付いているの？

「はあ……」

彼の口の軽さに、私は何度目かもわからないため息をついてしまった。

「そうよ」

「……！」

ごまかしてもしょうがないと思い、素直にそう答えると、一瞬――リーゼの表情が一変した。

え？　と思ったのも束の間、彼女はすぐに笑顔に戻って、手をパンと叩いた。

「やっぱり！　素敵です。今まで誰とも婚約しなかった王子様。ディアナ様とならお似合いですね！」

続けて、リーゼは私をそう賞賛した。

さっきの……なんだったのかしら？　一瞬、怒っているようにも見えたけど……

だけど今の彼女は怒っているとは程遠い表情で、心から私のことを祝福しているように見えた。

気のせいかしら……？

「ありがとね。でもリーゼ、そのことをあまり人に言っちゃいけないわよ」

「え？　なんでですか？　ディアナ様、アロイス様とご結婚なさることが嫌なんですか？」

「そうじゃないわ。まだアロイス様の婚約話を受けるかどうか決まっていない段階で、人々に広く知れ渡ることは危険だって言ってるのよ。私たち貴族の結婚は、国にとっても影響が大きいから」

聞くところによると、貴族同士の結婚は厳しい審査が必要な場所もあるという。

それに比べて、私たちの国はおおらかだ。いろいろなしがらみはあるものの、結婚は基本的に貴族同士の意思に任せている。

だからといって貴族としての自覚を忘れていいということにはならない。

私たちは国を背負う者。おいそれと自由に恋愛はできないのだ。

「わ、わかりましたっ！　すみません！　わたし、また間違っちゃった……ほんとダメダメですよね」

「大丈夫よ。わからなかったら、覚えていけばいいんだから」

にっこりと笑みを浮かべる。

それにしても……フリッツだ。

次に教室で顔を合わせたらガツンと言ってやらなければ。

「でも……ディアナ様、まだご婚約が決まっていないと言っていましたが、まだ返事をしていないんですか？」

「ええ。慎重に決めるべきだと思うから」

「さすがです。わたしだったら、すぐに返事をしちゃいそうですから。やっぱりディアナ様はすごいなあ……」

リーゼは感心したように声を漏らす。

「……もう、いいかしら？　私、これから行くところがあるの」

特に予定もなかったが、リーゼとこれ以上話しても得られるものは何もない。

「は、はいっ。ありがとうございました。本当にすみませんでした。あっ、そうだ……」

そう言って、リーゼはバッグから小袋を取り出した。

「これ、クッキーです。よく食べるんですが、おいしくって。ぜひディアナ様にも食べてもらいたいんです」

「あら、『マルポー』のクッキーよね。私も好きだわ」

「知ってるんですか？」

「ええ」

当たり前だ。だってそのお店は――

「せっかくだから、受け取っておこうかしら。ありがとう」

「いえいえ。わたしはある人から、このお店のクッキーを教えてもらったんですけど、今ではもう病みつきなんです。これを食べていると、幸せな気持ちになれます」

無邪気な顔でリーゼはそう言う。

この女――わざとかわざとじゃないかはわからないが――私に喧嘩《けんか》を売っている。

彼女からもらったクッキーは、私がフリッツとまだ仲が良かった頃、彼とよく一緒に訪れていたお店のものだったからだ。


「ディアナ、どうだった？」

教室に戻ると、開口一番コルネリアがそう言いながら駆け寄ってきた。

どうやら帰宅せずに、私を待っていてくれたらしい。

「ええ、問題なかったわ。フリッツとの一件について、彼女は平謝りだったから」

「良かったわ。一応聞くけど……彼女のことを許したわけじゃないわよね？」

「うーん、どうだろう？」

許すも何も、私はこの件に関してもはやどうでもよくなっている。

「だけどやっぱり彼女とは仲良くできそうにない。最後に喧嘩《けんか》を売られたしね」

「喧嘩《けんか》？　一体何が――」

コルネリアがそう言葉を続けようとしたとき、教室に入ってくるフリッツの姿を見かけた。

「ねえ、フリッツ」

私は大股で彼に近寄る。

彼は「え？」と一瞬表情を明るくする。

どうしてそんな顔をするんだろうか？

些細《ささい》な行動でも彼を見ていると、イライラが募った。

「ど、どうしたんだい、ディアナ！　僕に何か相談かな？　君からの相談なら、僕はなんでも――」

「何言ってるのよ。そうじゃないわ。あなた、リーゼに教えたのね？」

「教えた？　もしかして、君と僕のことかい？」

「それは別にいいわ。そうじゃなくて……王子殿下のこと」

「あ、ああ……」

ここまで言っても何がダメなのかわかっていないのか、フリッツはピンときていない表情をしている。

「ダメじゃない。簡単に言えるような問題でもないわ」

「そ、それはすまない。だが、そう隠す話なのか？　遅かれ早かれ、みんなも知ることだろう？」

呆れた。

こいつって、こんなにバカだっけ？

なんで私はこんな男のことを、一時は好きだったんだろう？

恋は盲目という言葉がある。

フリッツに引っ張られる形で、私もバカになっていたかもしれない。

「いい？　他人の恋愛は、そう簡単に言いふらしていいものでもないわ。今度同じようなことをしたら、家を通して抗議させてもらうから」

「わ、わかった。本当にすまなかった、ディアナ。僕が愚かだったようだ」

慌てて頭を下げるフリッツだけど、本当にわかっているんだろうか？

「言ったからね？　じゃあ私はこれで……」

「ま、待って、ディアナ」

立ち去ろうとする私を、フリッツが呼び止める。

「何？」

「君にもう一度謝らせてもらいたいんだ。今度はお互いの両親を交えてじゃなくて、君とふたりで。そ、そうだ。マルポーで話し合わないか？　君はあそこのクッキーが好き――」

「マルポー……ね。彼女とも行ったのよね」

「え？」

「なんでもない。遠慮するわ」

こいつとは終わった仲。今さら話し合うことなど何もない。

まだ何かを言い続けているフリッツを無視して、私はコルネリアと一緒に教室を出た。

◆

数日後。

我が家に一通の手紙が届いた。

手紙には国の紋章が刻まれている。

これは王室から差し出されたものという意味。

私は両親とともに慌てて手紙の封を開け、内容に目を通した。

「アロイス様からデートの誘い……？」

思わず声を上げてしまう。

「た、大変だわ。すぐに準備しないと」

「よ、よよよく見ろ、ディアナ。デートはすぐじゃない。週末と書かれてある。じゅ、じゅじゅじゅ準備の期間はまだある。慌てるな」

「そう言うお父様だって、慌ててるじゃないですか」

こうなるのも仕方がない。

だって相手はアロイス様なのだ。どうしても、取り乱してしまう。

だけど……嫌な気持ちはまったくない。先日、少し顔を合わせただけだけど、早くも誠実なアロイス様に好感を抱いている。

私は慌ててお父様とお母様にも手伝ってもらいながら、当日の準備を始めるのであった。


そしてデート当日。

アロイス様はわざわざ家まで迎えにきてくれた。

「ア、アロイス様。本日はお誘いいただき、ありがとうございます」

「む、娘も今日という日を大変楽しみにしておりました」

お父様とお母様は恐縮しっぱなしである。

私以上に緊張している気がする。

「そうへりくだらなくてもいいんだぞ？」

アロイス様はそんな両親の姿を見て、愉快そうに笑う。

「ディアナとの大事なデートなのだ。待ちきれなくて、迎えに来てしまった。迷惑だったか？」

「い、いえいえ！　そんなことは！」

男性がデートの前に女性の家まで迎えにくるのは一般的ではあるが、なにせ相手はこの国の第一王子なのだ。

迷惑どころか、申し訳なさが圧倒的に勝つ。

「じゃあディアナ、行こうか」

「は、はい」

アロイス様が右手を差し出す。私は彼の手を取って、迎えの馬車に乗り込んだ。

「それにしても……」

「どうかされましたか？」

「今日の君は一段とキレイだ。つい見惚《みと》れてしまった」

さりげなくアロイス様は言う。

「……！」

さぞかし、今の私は顔が真っ赤になっているだろう。

今日のために私服も新調した。街の中でも悪目立ちせず、自慢の赤髪が際立つような華やかな服を選んでいる。

化粧や髪のセットもいつも以上に頑張ったしね。

アロイス様に恥をかかせたくないと準備した結果なので、それを褒められるのはうれしかった。

そういえば……学園に通い始めてから、こういう服は我慢していた。フリッツは質素で地味な格好を好んでいたから。

だけど今は自分の好きな服を着られている。

気持ちも自然と上向きになった。

「ありがとうございます。そう言うアロイス様も、とてもお素敵です」

「ありがとう」

お互いに礼を言い合う。

まだデートは始まったばかり……というか、まだ始まってすらいないのに、ドキドキしっぱなし。

これがずっと続いたら、私はどうなってしまうんだろう？

心臓の鼓動を抑え、赤くなってしまった顔を悟られないように小窓の外に視線を移した。

街に到着し、まずは舞台の観覧。

私が前々から見たかった舞台が、たまたま開かれていたのだ。スムーズな足取りでここまでエスコートしてくれた。

舞台の観覧を終え、アロイス様と言葉を交わす。

「今回の舞台は二百年前の、この国の文化を踏襲していたな。あの頃はまだ手紙を書くことが一種の芸術とされ、人々は一筆一筆心を込めて言葉を綴《つづ》ったんだ。舞台の中盤で主人公が綴《つづ》っていた手紙は、そういう文化背景を知ると、より深く楽しむことができる」

「そうなんですか？」

「そうだとも。現に、舞台で描かれてた時代の手紙は残っており、それは芸術品として、現代の我々の手紙文化にも広く影響を及ぼし――」

そこでアロイス様は「しまった」と言わんばかりに、首を横に振る。

「すまない。そんなに細かいことは、あまり重要ではなかったな。退屈な話をしてしまった」

「い、いえいえ！　純粋に楽しく聞いておりました」

アロイス様の言葉の端々から教養の深さを感じ、とっても魅力的に映った。

「そう言ってくれると、安心するよ。細かい設定も作り込まれていたが、そんなことを知らずとも、今回の舞台は楽しめた。伯爵子息と平民の恋愛模様。そして立ちふさがるライバル。主人公のことを応援してしまい、つい拳を握ってしまったよ」

「そうですよね！」

同じものを見て、感想を言い合う。

ただそれだけだというのに、どうしてこんなに楽しいんだろう。

舞台場から出る。

歩いていると、自然と周囲の視線が私たちに集まった。

「おい……あれって、もしかしてアロイス殿下では？」

「隣にいる令嬢は誰だろう？　まさか婚約者とか？」

「アロイス殿下には婚約者がいなかったのでは？」

「それにしても……アロイス殿下もそうだが、隣にいる令嬢も美しい。まるで名画の一部を切り取ったかのようだ」

みんながこそこそ話をする。

「……注目されていますね」

「そうだな。きっとみんな、君を見ているんだ」

いや……一侯爵令嬢である私に、そこまで注目するはずがない。みんな、アロイス様を見ている。

「そうではないと思いますよ」

「何を言う。自覚はないかもしれないが、君の美しさは他人を虜《とりこ》にする。願わくば、君を見ることができるのは俺だけであってほしいよ。独占したくなるほどの美しさだ」

さらりとそんなことを言ってのけるアロイス様。

またこの人は……！

先ほどから褒められっぱなしだ。

王族として、女性を褒めることを教育されているのかもしれないが……それにしても多い気がする。

たとえお世辞でもうれしい。心臓の鼓動がさらに速まり、今にも爆発してしまいそう。

「中には不審者もいるかもしれないがな。だが、安心してほしい。こうしている間にも、俺たちの視界に入らないところで護衛が待機してくれているから」

「そうなんですね」

特段驚くことじゃない。第一王子が護衛もなしに、街中をぶらぶら歩き回るわけにもいかないからね。

「そんなことより次に行こう。そろそろランチにするか。君は何が食べたい？」

「あまりお腹も空いていませんし、軽食が好ましいですね」

「そうか。だったら、近くに雰囲気がいい喫茶店があるんだ。そこでいいか？」

「もちろんです！」

私はアロイス様とともに歩き出した。


そのあとのデートも楽しかった。

アロイス様は私の希望を叶えてくれる。

だが……ひとつ疑問だったのは、アロイス様のエスコートがあまりにスムーズだったこと。

私が希望を伝えたのは今日だったのに、アロイス様はよどみない足取りで案内してくれる。

王子たる者、街中の地図がすべて頭に入っている？

いや、それにしてもできすぎな気がする。

そのことをアロイス様に尋ねてみると。

「ん……？　そんなの決まっている。デートのプランを事前に考えていただけだ」

「で、でも、アロイス様は私の希望に沿って動いてくれますよね？　なのに、事前に考えられるなんておかしいです」

未来の私の考えを読んだ？　そんなわけがない。

でも、この人だったら……と一瞬思ってしまうほど、彼はすごい。

「好きな女とデートをするんだ。複数のデートプランを考えるのは当然だ。今日のために、細かいものまでカウントしたら、考えたプランは百にも及ぶ」

「ひゃ、百!?」

「ん？　そんなに驚くことか？　普通だろう」

私が驚いていることをアロイス様は本気で疑問に思っているのか、きょとんとした表情を浮かべる。

たしかに……デートプランを事前に考えるのは、そこまでおかしくない。

でも、それにしても度がすぎている。

私とのデートをそこまで大切に思ってくれていたなんて。

自意識過剰かもしれないけれど、そう考えると、胸のところが温かくなった。

「君は変なことを言うな。そんなことより……そろそろディナーにしようか。おいしい店を知っているんだ。付いてきてくれるか？」

「ぜひ！」

そのあと、アロイス様に連れてこられたのは、貴族御用達の高級店だった。

侯爵令嬢の私でさえ、こんな場所に来るのは今まで片手で数えるくらい。

「ここって……予約しないと入れないお店ですよね？」

「そうだな。本来、王族である俺なら予約しないで入ることも可能だろうが……さすがにそれは店に迷惑がかかる。王族の権利を振りかざす傲慢《ごうまん》なやつだと、君に思われたくないしな。事前に話は通してあるよ」

言いながら、アロイス様はお店に足を踏み入れる。私もそのあとに続いた。

さっきからドキドキしすぎて、ペースを持っていかれっぱなしだ。

だけどそれが心地よかった。

私たちが通された席は、夜景が見える窓際の場所。

満天の星はさながら宝石がちりばめられているみたい。

しかも個室。ＶＩＰ待遇だ。王子……というか、アロイス様すごい。

「お酒は嗜《たしな》むか？」

対面に腰をかけたアロイス様が、私にそう質問する。

「では、少しだけ……」

「わかった」

パチンとアロイス様が指を鳴らす。

この国では十六歳になるとお酒を飲んでも問題ない。とはいえ、私は子ども舌なのか、今まであまり嗜《たしな》んでこなかった。

ウェイターの人から蜜柑《みかん》ベースのカクテルを受け取る。対してアロイス様は高そうなワイン。

「君との特別な夜に乾杯」

そう言って、アロイス様がワイングラスを上げる。私も慌ててそれに応えた。

向かいにアロイス様が座っているので、緊張でものが喉を通らない……ということも危惧したけれど、運ばれてくる料理がどれもおいしく、素直に味を楽しむことができた。

「今日はありがとう」

アロイス様が礼を言う。

「いえ……私のほうこそ、ありがとうございます。こんなに楽しいデートは初めてかもしれません」

「前の婚約者のときにも？」

試すような口調で、アロイス様が問いかけてくる。

「……わかりません。フリッツと婚約していたときは、初めての恋でしたので。彼についていくだけで精一杯で、楽しむ余裕などありませんでした」

「うむ……そうか。仕方がない。しかし嫉妬してしまうな。フリッツ子息は俺の知らない君の姿も知っている。願わくば、ディアナは俺が独り占めしたい」

そう口では言っているものの、アロイス様から嫉妬心は感じ取れない。

歳上の余裕があるように見える。

あまり比べるのもどうかと思うけれど、フリッツといたときはそんなことを思ったことがなかった。

「聞いたぞ。フリッツ子息との婚約破棄が、正式に成立したらしいな」

「はい」

「フリッツ子息は、何か言ってこなかったか？」

「彼は婚約破棄を嫌がっていました。一悶着《ひともんちゃく》ありましたが……結果的にはフリッツ有責で婚約破棄にいたりましたし、些細《ささい》なことです」

「それはよかった。もし、フリッツ子息がまだ何か言ってくるようなら、俺を頼ってくれ。君が満足する結果を約束しよう」

「ありがとうございます」

誠実で頼り甲斐《がい》があって、余裕のあるアロイス様。

……私は彼には誠実に応えなければならない。

私はすーっと息を吸い、こう口を動かす。

「それで……婚約破棄が正式に決定するまで、返事を待ってほしいと伝えていましたが……」

「うむ」

アロイス様は私の瞳をじっと見て、答えを待つ。

「もう少し、返事をお待ちいただけないでしょうか？　非常に失礼な真似《まね》をしていると自覚しています。ですが、まだ気持ちの整理が……」

「問題ない」

言葉を選んでいる私を、アロイス様は手で制する。

「何も婚約の返事を聞かせてもらおうと思って、デートに誘ったわけでもない。俺はただ君と一緒にいたかったんだ。急がなくてもいい。じっくりと考えて、答えを出してくれたらうれしい」

「す、すみません……」

アロイス様はそう言ってくれているけれど、やっぱり申し訳ない。

返事を待たせて、男をキープするような女にはなりたくなかったから。

彼に不満はない。アロイス様が私を大切にしてくれるのは、今日のデートで伝わった。

しかし、いや、だからこそと言うべきか、本当に私でいいんだろうか？

大切にしてくれているのはわかるけど、本当に私が好きなのだろうか？

そんな気持ちでいっぱいになってしまう。

今日のデートだって私はドキドキしっぱなしなのに、アロイス様は平常心のまま。きっとこういう機会に慣れているんだろう。

それに、私のこの胸の高鳴りは、果たして愛や恋からくるものなのか。

デートの最中そんなことを考えていたけれど、どうしても答えが出なかった。

「そう、暗い顔をするな。君には笑顔が似合っている。楽しい話をしよう。俺が卒業してから学園は——」

そうアロイス様が言葉を続けようとしたとき。

彼は持っているフォークを床に落としてしまった。

「いかん、いかん。俺としたことが」

アロイス様は慌てず、店員がすぐに代わりのフォークを持ってきてくれて、それを受け取った。

「アロイス様にもそういうところがあるんですね」

「はっはっは、カッコ悪いところを見せてしまったな」

「いいえ、アロイス様にも可愛いところがあると思いまして」

ただフォークを落としただけだが……アロイス様はそういう些細《ささい》なミスすらしないと思った。

けれど、彼も私と同じ人間。

そう思うと、少し気が軽くなったような気がする。

「す、すみません。可愛いなどと言ってしまい……」

「謝らなくてもいい。それに少しは緊張が解《ほっ》れたか？　やはり君はそういう顔をしているほうが魅力的だ」

アロイス様に見つめられると、またもや顔が熱くなってしまう。

やっぱり、アロイス様のほうが一枚上手《うわて》みたい。

そうして私たちは楽しい夜を過ごした。


「家まで送迎までしていただき、本当にありがとうございます」

「好きな女をひとりで帰らせるわけにはいかないだろう？　それに……最近は物騒だからな」

馬車の中、アロイス様に家まで送ってもらっていた。

「街中で人間が魔族に攫《さら》われる事件が多発している……」

「……はい」

魔族。

人間とは相容《あいい》れぬ存在。

魔族は膨大な魔力を持ち、人に害をなす存在だ。

だが、彼らの中には人間社会に溶け込み普通に生活している、狡猾《こうかつ》な者もいる。さらには人間と結託して、悪事を働くこともあるという。

昔から魔族によって被害を受けた人たちは多いが、最近さらにひどくなっている気がする。

つい先日にも、ひとりの男性が魔族に攫《さら》われかけたという報《しら》せが、私の耳にも届いた。

騎士団の方々は魔族の被害を撲滅しようとしているけれど、なかなか手が追いついていないのが現状。

人と魔族の争いは、長年にわたって私たちを悩ませている課題のひとつだった。

「なぜ、最近になって魔族の動きが活発になったのでしょうか？」

「何者かから支援を受けているか、それとも、何かを試しているのか、いずれも推測の域は出ない。騎士団や自警団も、必死に調査しているが」

「そうなんですね……」

「君のことは俺が必ず守る。だから不安がる必要はないよ。それは婚約しても同じだ」

「……ありがとうございます」

彼の自信に満ちた顔を見ていたら、自然と安心感が生まれる。

アロー君だったのに、十年でよくもこう変わるものね。

やがて馬車は私の家の前に到着する。

「これでお別れだな」

「今日は本当に楽しかったです。ありがとうございました」

「それはこちらも同じだ。君が望むなら、何度でも今日のような日を過ごそう」

そう言って、アロイス様は私に背を向けた。

彼の乗った馬車が見えなくなるまで、私は見送り続けていた。

名残《なごり》惜しい気持ちもあったが、私は踵《きびす》を返し――

「えっ？」

ざわっ。

一瞬視線を感じて、鳥肌が立つ。

反射的に振り返るが、誰もいない。常闇が広がっているだけ。

「誰かいるの……？」

呼びかけてみても、返事はない。

先ほどの嫌な感じはなんだったんだろう。誰かに見られているような気配を感じたのに……

「……気のせいかしら？」

首をかしげる。

今日はアロイス様と一緒にいて注目を浴びることが多かったから、なんとなく今も人に見られているる気がしただけかも。

そう自分に言い聞かせ、今度こそ私は歩き出した。

第四章　あなたと一緒なら、私はもっと強くなれるから

夢のような日の翌日。

私が学園の教室に入ると、一気に注目の的となった。

「ディアナ様だ……」

「知ってる？　アロイス殿下とふたりで街を歩いていたのよ。その光景はさながらデートのようだったみたい」

「デート？　だが、ディアナ様には婚約者がいたのでは？　どういうことだ？」

「噂《うわさ》では婚約破棄をなさった……と」

……やっぱりね。

あんなに目立つところでアロイス様とデートをしたのだ。クラスメイトたちが知っていても、なんらおかしくない。

居心地の悪さを感じるけれど、不思議と悪い気分にはならなかった。

「ディアナ、休日はどうだった？」

すかさずコルネリアがやってくる。

親友にはアロイス様とのデートについて事前に相談していた。

「ええ、とても楽しかったわ。アロイス様から何も聞いていないの？」

「昨晩の帰りは遅かったみたいだしね。私はもう寝てたわ」

「早寝ね」

「睡眠は美容の秘訣《ひけつ》よ？　ここじゃ話しにくいと思うし、お昼休みになったら詳しく聞かせてよ」

コルネリアはそう言うものの、はやる気持ちを抑えられないみたい。他人の恋バナには興味津々なんだから……

彼女は隣国の王子様と婚約している。

国を跨ぐということもあって、ほとんど会ったことはないらしい。だから昔から、恋愛の話は私がしゃべる一方だ。

「アロイス様、すごかったわ。私のためにデートプランを百個以上考えたって言ってたわよ？　まあ……ただのたとえであって、本当に百個考えたかはわからないけどね」

クラスメイトに聞こえないように、声を潜めて話す。

「たとえじゃないと思うわ。だってお兄様、ディアナとのデートをとても楽しみにしていたもの」

「そうかしら？」

「そうよ。お兄様、ディアナに失礼な真似《まね》をしていない？」

目をクリクリさせて、コルネリアが問う。

「一切してないわ。それどころか、余裕たっぷりな歳上のアロイス様に、私はペースを持っていかれて……」

「余裕たっぷり？　お兄様が？」

きょとんとした表情を浮かべるコルネリア。

「うん。私、何か変なことを言った？」

「別に変じゃないけど……お兄様のそんな姿は、ちょっと想像しにくくって」

「……？」

アロイス様といったら、学園にいる頃から文武両道で、卒業してからも理想の王子殿下として名高い。祭典に顔を出すときも、その姿はいつも自信に満ちている。

私とのデートごときで、平常心を失ったりしないと思うけど……？

「でも、そっかー。お兄様が余裕たっぷりねえ。ふふふ、可愛いわね」

コルネリアは楽しそうに笑った。

彼女は母が違うとはいえ、アロイス様とは兄妹。

私は知らない彼の側面を知っているかもしれない。

それでも、コルネリアの言う『可愛いアロイス様』はどうしてもイメージができなくって、私は首をかしげるしかなかった。


授業を終え、私とコルネリアは試験に向けて図書室で勉強することにした。そして閉門の鐘の音が聞こえたときには、外はすっかり夜。

「ディアナ、家まで送っていくわ」

「いいの？」

「ええ。最近は物騒だし、私の義姉になるかもしれない人だもの。これくらいはさせて。じゃないと、お兄様に怒られるわ」

コルネリアはウィンクをする。

親友とはいえ王女殿下に送迎をさせるのは恐れ多い……けど、ここは彼女のお言葉に甘えさせてもらおう。

私たちは馬車に乗り込み、帰り道を急ぐ。

「婚約破棄の一件、徐々に知れ渡り始めたわね」

話題は最近の出来事に移る。

「時間の問題だったしね。ただでさえ、アロイス様とのデートがたくさんの人間に目撃されているわけだし……そのつながりで、みんなが知ってもおかしくないわ」

「そうね」

「だけどコルネリア。あなた以前、婚約破棄の一件が知れ渡ったら、男たちが私に声をかけてくるって言ったじゃない。そんな様子はないけど？」

「だって、お兄様とあなたが並々ならぬ関係ってことも、同時に伝わっちゃったもん。こうなったら、不用意に声なんてかけられないわ」

「それもそっか」

まあなんにせよ、その対応に追われるのも億劫《おっくう》だったので、私にとっては良いことずくめだけど。

それから、ファッションや化粧品など、山の天気のように話題が次から次へ移っていく。私も楽しそうな彼女につられて、ついつい口数が多くなってしまう。

彼女となら、いつまでもしゃべっていられそうだ。

「でしょ？　彼女ったら――」

そうコルネリアが口を開くと同時、馬車が急停車する。勢いに負けて私たちは席から放り出されてしまった。

「コルネリア殿下！　ディアナ様！　すぐにお逃げ――」

御者から声が聞こえる。

次の瞬間、馬車を覆う布が貫かれ、何かが床に突き刺さった。

それに視線を移すと――それは燃え盛る炎の矢であった。

「ディアナ！　大丈夫⁉」

「う、うん」

コルネリアがすかさず私を気遣ってくれたので、そう返事をする。

「とにかく外へ！」

このまま馬車の中にいても、床に燃え移った炎で焼かれるだけ。コルネリアの声に、私はうなずく。

「一体何が……え？」

慌てて外に逃げると、ひとりの人間が前に立ちふさがっていた。

紳士服にシルクハットを被った初老の男。無表情で立ちつくす彼は、じっと私とコルネリアを見つめている。

「ディアナ嬢……そなたの命、もらい受ける」

声が二重に重なったかのような不気味な音。

「ディアナ、こっちに！」

異常を察知して、即座にコルネリアが私の手を取り、男から離れようとする。

「逃がさん」

しかし一歩目を踏み出したところで、目の前の地面に何かが着弾した。

「きゃっ！」

それは爆発し、勢いに負けて私たちは地面に両手をつく。

顔を上げると、謎の男は手をかざしていた。

「あまり手こずらせるな。抵抗しなければ、痛みなく葬ってやろう」

続けて、彼は手元に炎を錬成する。先ほど、着弾したものもこれだったのだろう。

炎の矢は、一発で命を刈り取るのに十分な形をしていた。轟々《ごうごう》と燃える炎に私たちは動けない。

私たち目がけて、二発目の炎の矢が放たれる。

思わず目をつむってしまう。

――が、そのあとに続くはずの衝撃はなかった。

「え……」

目を開けると、私たちの前には別の男が立っている。

白い鎧を身につけた、騎士のようなシルエットの男。

私たちを……守ってくれた？

「コルネリア殿下とその親友に手を出す所業。死んで償え」

「ちっ！　邪魔が入ったか！」

初老の男は連続して魔法を放とうとする。

「遅い」

しかし、私たちを守ってくれた男が目の前から消失し、次の瞬間には、初老の男の胸元から血《ち》飛沫《しぶき》が上がった。

「くっ……その剣捌《さば》き、王城の騎士か？」

「貴様に答える義理はない」

「ふ、ふんっ……まあいい。これで終わったと思うな。その娘にはこれからも災いが降りかかるだろう……」

そう言い残した初老の男は体がぽろぽろと崩れ、砂のようになっていく。

私たちを守ってくれた彼はそれを見届け、くるりと百八十度方向を変え、こちらに駆け寄る。

「コルネリア殿下！　ディアナ様！　大丈夫ですか？」

「ええ」

一方、コルネリアは服をパンパンと払い、彼に返事をする。

……えーっと。状況の変化が激しすぎて、まったく訳がわからないんだけど？

突然現れた男はコルネリア、そして私が怪我《けが》をしていないか確かめる。そしてどこも異常がないことを悟ったとき、ほっと安堵《あんど》の息を吐いた。

「よかった……すみません、不覚を取ってしまいました。本来ならこうなる前に、私のほうで片付けるべき問題でした」

「そんなこと言わないで。私たちは無傷だしね。あなたはあなたの仕事をした」

次にコルネリアは私に視線を移す。

「ディアナも……大丈夫？」

「う、うん」

ちょっと慌てたが、擦り傷すらない。炎が燃え移った馬車も、どうやらすぐに鎮火したらしい。

御者も平気そうで、怪我《けが》をした様子はなかった。

「コルネリア……この人は？」

「ああ。そういえば、ディアナはこうして彼と顔を合わせるのは初めてだったわね。紹介するわ」

そう言って、コルネリアはこう続ける。

「彼はオレール。王族の護衛騎士のひとり。オレールはその中でもとびっきり優秀なのよ」

「オレールです。よろしくお願いいたします」

彼――オレールさんは生真面目に頭を下げる。

さっきは突然のことで意識が向かなかったが、あらためてオレールさんの顔を真正面から見る。

オレールさんは女の私が見ても美しい顔立ちをしていて、先日の演劇に出演した俳優たちの誰よりも整っている。

表情には感情の起伏が少ないが、それがより一層、彼の麗しさに拍車をかけている。冷たさを感じる美形と言うべきだろうか。

「自分の紹介も終わったところで……それよりも、です」

オレールさんは神妙な顔つきで、こう続ける。

「コルネリア殿下たちを襲った者は無差別に人を襲っているわけではなく、何か明確な目的があるようでした。その目的がなんなのか。それがわかれば、最近の魔族騒ぎも解決できるかもしれません」

「魔族……騒ぎ？　どうして？」

「やつは魔族です」

彼の答えを聞き、私は目を見開いた。

「なんてこと……それはたしかなのですか？」

「はい。やつは死んだあと、砂のようになったでしょう？　あれは魔族の特徴ですから」

「えっと……魔族は死んだあと、死体が残らず消滅するのよね？　オレール」

「はい。コルネリア殿下の言う通りです」

オレールとコルネリアが私に説明してくれる。

魔族。

知ってはいたけど、こうして目にするのは初めてのことだった。私ひとりだったら、まず間違いなく魔族に殺されていただろう。

体が震える。

殺されていたかもしれないという恐怖が、遅れてやってきた。

「ディアナ、もう大丈夫。魔族は間違いなく死んだから」

コルネリアが優しく背中を撫でてくれる。

「やはり魔族の狙いは殿下でしょうか？」

そう質問するのはオレールさん。

しかし、コルネリアは「うーん」と考えてから、こう答えた。

「はっきりとはわからないけど……きっとそうじゃないと思う。魔族が言った言葉を思い出して。魔族はディアナを狙っているようだったわ」

その言葉にオレールさんはハッとする。

――『ディアナ嬢……そなたの命、もらい受ける』

本来なら私より、コルネリアが狙われる可能性が高い。相手は魔族だから何を考えているかわからないけれど、コルネリアは王女なのだから。

一令嬢である私を殺すより、コルネリアが狙われたと考えるほうが自然。

だけど、事実は違う。

死に際の言葉を信じるなら、魔族は私の命を狙っているように思えた。

「そうですね……コルネリア殿下のことを守らなければならないという気持ちが強すぎて、意識がそちらに向いていました。ですが、どうしてディアナ様を？」

「それはわからないわ。そして……私たちだけで考えていても結論が出そうにない」

コルネリアは私に手を差し出して、こう口にする。

「王城に帰りましょう。お兄様の意見も聞きたいしね。ディアナも来て」

「うん……」

私ひとりじゃ怖くて、家に帰っても眠れそうにない。

それにどうして魔族が私を狙ったのかについても気になる。

ここはコルネリアたちについていくのが得策だろう。

「そうですね。第二、第三の魔族が襲ってこないとも限りません。王城ならひとまず安心です。私も護衛がしやすい」

「馬車も……使えそうね。急ぎましょう」

ふたりとも、てきぱきと動く。

こういう頼もしいコルネリアの姿を見ていると、やっぱり彼女も王女なんだなと実感する。

大分冷静にはなったものの、まだ私は殺されたかもしれないという恐怖が勝《まさ》っている。

一方、コルネリアは頭の中を切り替え、これからすべきことを考えていた。

これが令嬢と王女の差……か。

「コルネリア……あなた、すごいわね」

「そう？　ディアナが褒めてくれるなんて珍しいじゃない」

「そうだっけ？」

「うん。でも私は王族である以上、命を狙われる機会も多い。だから、いつでも殺される覚悟ができているし、こういう危険な目に遭うのも初めてじゃないのよ。まあ……ただで殺されるつもりは、もちろんないけど！」

私を元気づけるためだろうか。

コルネリアの声は場の雰囲気とは合わないほど、底抜けに明るかった。

◆

「……そうか。そんなことが」

私とコルネリア、護衛騎士のオレールさん。そしてアロイス様が王城の執務室で話し合っていた。

もちろん、議論は先ほどの魔族について。

コルネリアとオレールさんがアロイス様に事情を説明したあと、彼は私たちを見渡して口を開く。

「まずはオレール。ふたりを守ってくれて、ありがとう。お前が護衛に付いていなければ、もっと大変なことになっていたかもしれない」

「恐縮です。それに……あの魔族は弱い部類でした。私じゃなくても、簡単に倒せたかと」

謙遜しているのか、それとも事実なのか。

オレールさんが表情を変えずに言う。

「それにコルネリア。冷静な判断だった。ディアナをそのまま家に帰さず、王城に連れてきたのは賢明な判断だ」

「ふふっ、お兄様に褒められるとむずがゆいわね」

コルネリアはうれしそうな表情だ。

「最後にディアナ。君が無事でよかった。本当に怪我《けが》はないか？　少しでも体に異常を感じれば、すぐに言ってほしい」

「わかりました。お気遣い、ありがとうございます」

アロイス様は腕を組んで思案顔になる。

「魔族はディアナを狙っていると聞いたが、それは事実か？」

「はい。まだ推測ですが」

オレールさんが答える。

「どうしてディアナが襲われるのか。何か魔族は言っていたか？」

「いえ、その理由については聞き出せておりません。やはり少しでも情報を得てから、魔族を殺すべきでした」

「それについてはいい。オレールは最善を尽くした。ひとりではやれることに限界があるし、余裕をさらしては足元をすくわれないとも限らないからな」

「うん、私もそう思うわ」

コルネリアはそうフォローを入れる。

私はその間、口を挟まずにじっと耳を傾けた。

「しかし……これで問題が解決したとは思っていません。魔族は『これで終わったと思うな』と言っていました。また別の魔族がディアナ様を狙う可能性が高いと考えられます」

「うむ、俺もそう思う」

真剣な表情でうなずくアロイス様。

「しばらくディアナに護衛をつける。護衛はオレールがいいだろう。こいつは護衛騎士の中でも優秀だ。ディアナもそれでいいか？」

「は、はい。ありがとうございます」

「君はオレールに会うのは初めてだと思うが、近くにはいたんだぞ」

「そうなんですか？」

「オレールにはよく、コルネリアの護衛をしてもらっているからな。そして先日のデートでも、オレールは俺たちの護衛をしてくれた。君は意識していなかったと思うが」

「オレールの出番がないのが一番なんだけどね」

「その通りだ」

コルネリアの言葉に、アロイス様がそう答える。

咄嗟《とっさ》にオレールさんに視線を移すと、彼は表情ひとつ変えずに軽く会釈をした。

なるほど……コルネリアは『こうして彼と顔を合わせるのは初めて』と言っていたけど、そういう意味だったのね。

オレールさんも私のことを事前に知っていたみたいだし、いろいろな疑問が解消した。

「お兄様、魔族の狙いがわかるまで、ディアナを王城で保護するのはいかがでしょうか？」

「無論、それも考えた。だが……ディアナはどう思う？」

「ダ、ダメだと思います」

言いにくそうにしているアロイス様に代わって、私が答える。

「ここにいれば、魔族は私に手を出せないかもしれません。しかしそれは問題を先延ばしにするだけ。魔族が手を出してこないということは、彼らの狙いもわからないままです」

このまま王城にいても、事態が収束するとは到底思えない。

ならばここでずっと恐怖で震えているより、魔族を炙《あぶ》り出して、根本から問題を解決するほうがいい。

「まあ、君の言うことにも一理ある。オレールはどう思う？」

「私は殿下とディアナ様の命令に従います。ただ……私が護衛につけば、仮に魔族が襲ってきても彼女を守れる自信はあります、とだけ」

先ほどのオレールさんは見事な剣捌《さば》きだった。彼が魔族に後《おく》れを取る姿など、とてもじゃないが想像することができない。

アロイス様はその言葉を聞き、少し考え込んでから口を開いた。

「……わかった。それでいこう。永遠にディアナを王城で保護するのも、現実的ではないからな。

それでいいか？」

「かまいません」

うなずく。

今後の方針が決まり、みんなが散り散りになって別れていく前、コルネリアがこう声をかけてきた。

「ディアナ、あなた変わったわね」

「変わった？」

「ええ、以前までのあなただったら、このまま王城にいたと思う」

そうかも……私にしては積極的な策を選んだ気がする。

「フリッツと婚約破棄したからかしら。あのときは彼との関係から目を逸らして、楽なほうに逃げていたわ。そのせいで事態が悪化したんだし、私なりに反省しているのかも」

「いい変化だわ」

うれしそうに言うコルネリア。

「なんにせよ、あなたが勇気を出してくれたんだから、後押ししなくっちゃね。仮にお兄様やオレールがいなくても、私が魔族を倒してあげるわ！」

「ありがとう。コルネリア」

細腕をぶんぶんと回すコルネリアを見て、自然と笑みがこぼれた。

◆

それからは拍子抜けなくらい、穏やかな日々が過ぎていった。

あれ以来、魔族に襲われたことはない。

諦めたんだろうか？

……いや、そう考えるのは早計だ。魔族は私が油断するのを待っているだけなのかもしれない。

もしくは、私の近くで常に目を光らせている護衛騎士のオレールさんを警戒しているのかも。

とはいえ、オレールさんは滅多なことで私の前に姿を現さない。見えないところで、護衛してくれているらしい。

こうやってコルネリアやアロイス様を守っていたのね。

魔族はオレールさんを危険視しているから、なかなか仕掛けてこないのかもしれない。だからといって魔族を炙《あぶ》り出すために、オレールさんを護衛から外すのも論外だけど。

もちろん、アロイス様のほうでも魔族の調査は進んでいる。

しかし小物の魔族を捕まえても、なかなか中枢までには辿り着けないようであった。

そのせいで、私がどうして魔族に狙われるのかもまだわからずじまい。

そういうわけでむずがゆい気持ちを抱えながらも、学園の試験が終わった。

試験の順位は三番。

今までで最高順位である。魔族の影におびえながらも、これはよくやったと自分を褒めてあげたい。

——こうして魔族のこと以外は順調な毎日だったけれど、少し気になることをコルネリアから聞いた。

「え？　私の悪評が広まっている？」

私がそう問いかけると、コルネリアはうなずく。

「うん。ディアナの婚約破棄の件は、さすがに知れ渡ったんだけど……ディアナは男好き。男を取っ替え引っ替えして楽しんでいる。それに今回の試験もカンニングをしていた……って話が、みんなの間で広まってるのよ」

「なによ。全部でたらめじゃない」

実際、そういうふうに思われたくないから、クラスメイトの男子にすらあまり話しかけないようにしていた。

「わかってるわ。みんなもディアナがそういう人物じゃないって知ってるから、デマだとわかっている。問題はその出どころ」

「判明しているの？」

「リーゼの親衛隊がいるって、前に言ったわよね？　バカな男子たちによる、リーゼを守る隊」

ああ……そういえば前、聞いた気がする。

「彼らがディアナに関するデマを言いふらしているっぽいのよ」

「どうして、そんなことをする必要が？」

「ディアナはリーゼの敵だと思われている。ディアナの婚約破棄って、フリッツが大元の原因だけど……リーゼもその一端を担っているじゃない？　あのことがきっかけで、主に女子生徒の間でリーゼの評判がさらに悪くなった。それもこれも、すべてディアナのせいだ……って」

「完全に逆恨みだわ……」

今のところは大事《おおごと》にはなっていないけれど、耳に届いてあまり良い気持ちにはならない。

「どうしよう――」

「おっと、ごめんごめん」

言葉を続けようとしたとき、誰かが肩にぶつかってきて、ついよろけてしまう。

ぶつかってきた男は、ヘラヘラとした笑みを浮かべて、軽く右手を上げる。

「邪魔なところにいたから、ぶつかってしまったよ。お互い様だ。許してくれるよね？」

なんだこいつ……

教室で突っ立って、話をしていた私にも悪い部分があったかもしれないけど、そういう態度はいかがなものなのか。

「ちょっと！」

コルネリアがぐいっと前に出て、男を睨む。

「今の態度はどうなのよ」

「謝りましたが？」

「謝罪の気持ちがまったく感じられないわ」

男を前にして、コルネリアは一歩も退かない。

「私の大切な友達が、もし怪我《けが》をするようなことがあれば、あなたを許さないわ。こんな真似《まね》は、二度とやめなさい」

「王女様、お許しくださいませ。ですが、その女は悪女なのです。彼女と一緒にいると、あなたの評判も悪くなってしまいますよ」

「何を……！」

コルネリアが反論するよりも早く、男は踵《きびす》を返す。

去り際、コルネリアは「大丈夫」とひと言口にする。男は少し気にする素振りを見せたが、彼女が何も言葉を続けないのを確認して、その場からいなくなってしまった。

「あの男、絶対わざとだわ」

ご立腹の様子の王女様。

「私はそれほど気にしてないから、大丈夫よ。それよりもコルネリア。さっきの『大丈夫』っていうのは？」

さっきの男に言ったわけでもなさそうだった。

「ああ、オレールが出てきそうになったのよ。だけど、こんな学生の喧嘩《けんか》でオレールの手を煩わせたら、キリがないでしょ？　だから言ったわけ」

「ああ……そういうことね」

私はまったく気がつかなかった。

それどころか、オレールさんがどこにいるのかもわからない。コルネリアだけ気がついたのは、彼女がそれほどオレールさんとの付き合いが長いからだろうか。

「まあ、オレールにちょっとお灸《きゅう》を据えてもらうってのもおもしろそうだったけどね」

「ふふっ、そうね」

肩をすくめたコルネリアに、私は微笑みで返す。

一転、コルネリアは真剣な表情のまま。

「さっきの男……隣のクラスにいるマチアスだわ。ほら、ラヴェンロー伯爵家の」

ラヴェンロー伯爵家。

伯爵家でありながら、商売にも手を出している。

この国では、そういう貴族も珍しくはない。

それによって多額の財をなすラヴェンロー伯爵は、その爵位以上に力を持っている。

「気になるわね」

「何が？」

「さっきのマチアスって男、リーゼの親衛隊のひとりなのよ。きっとディアナにぶつかってきたのも、うっぷんを晴らしたかったんでしょうね」

そんな理由でいちいち肩にぶつかってこられたら、たまったものではない。

「リーゼの悪評を広げているのも、彼らでしょうし厄介ね。爵位が上であるディアナに、あれだけ不敬な真似《まね》ができるのも、それだけリーゼを盲目的に信じてるということだし」

「親衛隊ひとりひとりに注意してみる？」

「それじゃあキリがないでしょ。大元を断ちましょう」

「それもアリね」

コルネリアの狙いに気がつき、私はニヤリと笑う。

そしてすぐに私たちが向かったのは、リーゼがいる教室。

「あなたに少し、話があるのですけれど……いいですか？」

コルネリアがリーゼに声をかける。

丁寧な言葉遣いではあるが、誰に対してもざっくばらんな彼女にとって、この態度は怒っている証拠。

私たちは場所を移して、リーゼに事情を話した。

「す、すみませんっ。わたしのお友達がそんなことを……」

「知らなかったのですか？」

コルネリアが険しい表情で、リーゼに問う。

「も、もちろんですっ！　自分で言うのもなんですが、彼らはわたしを溺愛しているみたいで……たまにわたしの知らないところで、勝手に過剰な行動をするんです。いつもは良い方なんですけどね」

困ったように、コルネリアが頬に手を当てる。

それが演技なのかどうなのか、私には判断がつかない。

「こうしてはいられません。すぐに彼らに注意します。わたしが言えば、言うことを聞いてくれると思いますので」

「言いましたわね？　もしこれで是正されなければ……私に考えがあります。どうか私をこれ以上怒らせないでくださいね」

「は、はいっ！　もちろんです！」

コルネリアの勢いに、リーゼは恐怖で体を震わせていた。

私はリーゼと別れてから、コルネリアに話しかける。

「コルネリアらしくなかったわね。あんなに怖い顔のあなた、なかなか見ないわよ」

コルネリアはいつも優しい王女で、あれほど怒ったところを見たことがない。

「親友のあなたのことだもの。怒るのも当然。それに……私はリーゼのことをまったく信用していないから」

彼女は先ほどの険しい表情から一転、いつものふんわりとした優しい笑顔を浮かべて、きっぱりと言ってのけた。

何はともあれ、これで悪い噂《うわさ》がおさまればいいんだけど……

コルネリアの怒った顔はあまり見たくない。

彼女にはいつも優しい王女様であってほしい。

だが、私の心配は杞憂《きゆう》だったようで。

しばらくして、私の悪い評判は収束することになる。

「……ちっ」

親衛隊のひとりであるマチアスも私を見かけたら、耳を澄ませないと聞こえないレベルで舌打ちしたり、恨めしげに見てきたりするが、それだけ。

リーゼに何か言われたんだろう。

悔しそうにする彼を見ていたら、少し溜飲《りゅういん》が下がった。

◆

私は昔から服が好きだった。

あまり派手に行動していたら、フリッツがしかめっ面をするので抑えていたが……侯爵令嬢の伝《つ》手《て》も使って、私独自のブランドを立ち上げている。

一着一着がなかなかの高価とはいえ、その売れ行きはなかなか上々よ。

この国の貴族は若いうちから社会勉強として、こういった事業に携わることが多々ある。貴族なのに、商売人の真似《まね》事をするのは卑しいって責められる国もあるみたいだけどね。

それでも商売の勘を養ったり、人脈を広げることができるのは、貴重な経験だと思う。

しかし私はまだ学生の身。

本腰を入れて働くわけにもいかないので、普段は従業員の方々が頑張ってくれている。

とはいえ、重要な話が舞い込んだ場合、私自らが取引先に足を運んで話し合うこともしばしば。

最近はほとんどそういう機会が訪れなかったけれど……一通の報《しら》せが私のもとに舞い降りた。

「新規取引先からの商談話……か」

手紙を片手に私はそうつぶやく。

貴族からこういう話が舞い込んでくることは、そう珍しくはない。

ただ、問題は相手である。

「よりにもよって、ラヴェンロー伯爵なのよね」

言わずもがな、リーゼ親衛隊のマチアスの家名である。

手紙によると、ラヴェンロー伯爵は私が立ち上げたブランドの服を大量に仕入れたいらしい。

近く、ラヴェンロー伯爵家で大規模なパーティーが行われるらしく、その準備のために必要らしい。

私だけなら、お金はそこまで重要視していない。

でも、私の下で働いている従業員がいる。

彼らのお給金のためにも、この大きな取引は逃したくない。手紙に書いてある内容も、一見するとおかしなものではない。

「調査によると、マチアスは家業をほとんど手伝ってないって聞く。だからこれは偶然かもしれない」

でも嫌な予感がする。

根拠は私の勘。

今回の話、何か裏がある。

そしてそれは思ったより大きなものになる……と。

「しょうがない」

取り越し苦労ならそれでいい。

しかし念には念を入れておこう。

私はオレールさんを経由して、アロイス様と連絡を取った。

◆

私は商談のため、ラヴェンロー伯爵家を訪れていた。

伯爵家にしては屋敷は大きく、さながら小国のお城のようにきらびやかである。

そこで待ち構えていたのは、伯爵家の当主であるラヴェンロー伯爵ではなく、その息子マチアスであった。

「失礼ですが、ラヴェンロー伯爵は？」

「父は急用ができた。そこで僕が代わりに君と話をすることになったんだ。社会勉強として作ったブランドの服なんだろ？　だったら僕でも問題ないはずだ」

あからさまに私への嫌悪感を向けるマチアス。

爵位では彼が下なのに、まるで私が格下のように扱っている。見る人が見れば、ぎょっとする光景でしょうね。

ここに来ると決めてから、薄々わかっていた反応だけど……ここまで露骨だと、ため息のひとつも吐きたくなるわね。

とはいえ、全部予想していたこと。冷静に対処する。

私はマチアスのあとに続いて、邸宅の中に入る。

長い廊下を歩きながら、マチアスがこう質問してきた。

「そういえば……ここに来たのは君ひとり？　誰か付き添いの人間は？」

「私が代表ですもの。ここにはひとりで来ました。何か不都合でも？」

「ふっ」

マチアスはニヤリと口角を歪《ゆが》める。

「気になって聞いてみただけだ。それに……そっちのほうが好都合だし」

「好都合？」

「こっちの話だ」

それ以上、マチアスは何も語ろうとしなかった。

ふたりとも沈黙の中、応接間に到着する。

席に座ろうとしないマチアスであったが、私は気にせず商談を始めた。

「あらためまして、このたびはお話をいただきありがとうございます」

「父から、君の話は常々聞いている。子どもが作ったものにしては、良い服を作ると。だから今回、声をかけた。僕と父に感謝してくれ」

見下すように言うマチアスは、さらにこう続ける。

「それにしても……さっきから、ずいぶんと他人行儀な話し方をするんだな。同級生なんだ。ちょっとは肩の力を抜けば？」

「いえいえ、これは仕事ですもの。学園とは違います。今日は一商売人として参りました」

「商売人でも愛嬌《あいきょう》は必要だ。少しはリーゼを見習えば？」

——なんで私が、あの子の真似《まね》をしないといけないのよ。

喉元まで出かかった言葉を、ぐっと呑み込んだ。

「仕事の話に移りましょう。今回はサンプルの品をお持ちいたしました。どうぞご覧くださいませ」

そう言って、スーツケースを手渡す。

しかしマチアスはそれには目もくれず、私の手を払った。

「こんなものは必要ない」

「どういう意味ですか？」

「くくく、バカなやつだ。勉強の成績はいいみたいだが、まだ気づいてないのか」

マチアスが私を嘲笑する。

「さっきから、何を言っているのかわかりません」

「ならばはっきりと言う。今日、君をここにおびき寄せたのは商売の話をしたかったわけではない。

君を亡き者にするためだ！」

指を鳴らすマチアス。

それを合図にカチッと乾いた音が聞こえた。

身の危険を感じてすぐに踵《きびす》を返し、扉から出ようとする。

だが、鍵がかかっているのか、いくら押しても扉は開かない。

「……なるほど。やっぱりね」

仕事の話はもう破綻している。

ここからは商売人ではなく、ひとりの令嬢――『ディアナ・シュミット』として対応させてもらうわ。

「やっぱりだって？　その言い草だと、何か予見していたようじゃないか。まあ……どうでもいい。どちらにせよ、君はここで終わりだ」

マチアスがそう告げると、部屋のいたるところから影が出現する。

その影は次第に人型を模して、じりじりと歩み寄ってきた。

数は五……いや、六人。

一見すると人間にも見えるが、明らかに異質な雰囲気。

「魔族……！」

私はそう声を上げる。

「ほほお、わかるか。一度襲われただけのことはあるな」

「私が魔族に襲われたってことは、コルネリアとか一部の人間しか知らないはず。それを知っているということは……先日の襲撃、やっぱりあなたが首謀者だったというわけね？」

「そうだと言ったら、どうする？」

誇らしげに答えるマチアス。

自らの勝利を確信しているのだろう。

「さあ！　お前ら！　報酬はたんまりと払ったんだ。その女を殺せ！　失敗は二度も許さないぞ！」

もっと情報を引き出したかったけれど、その猶予は残されていなかった。

マチアスの声と同時に、部屋にいる六人の魔族が一斉に襲いかかってくる。

「ようやく尻尾《しっぽ》を出したわね」

――ただでやられるわけにはいかない。

私は手元に隠しておいたスイッチを押す。

持ってきたスーツケースが破裂し、中から白煙が舞い上がった。

「こ、これは!?　何が起こっている!?」

白煙のせいで視界が遮られ、混乱するマチアスと魔族たち。

「ディアナ様！」

扉が蹴り破られる。

廊下から入ってきたのはオレールさん、そして複数の護衛騎士である。

オレールさんはマチアスたちが混乱しているうちに、魔族との戦闘に入った。

――これが今回の作戦。

数日前のことを思い出す。

ラヴェンロー伯爵から手紙を受け取り、私は王城に出向いてアロイス様と話をした。

『マチアスが魔族とつながっている可能性は高い……と考えています』

私がそう告げると、アロイス様は思案顔でこう答える。

『マチアス……ラヴェンロー伯爵家の長男だったな。そして君の同級生でもある』

『はい』

『どうしてそう思う？』

試すような口調でアロイス様が問いかけてくる。

『本日、ラヴェンロー伯爵家から手紙が届きました。私が経営しているブランドの服を大量に仕入れたい……と。ラヴェンロー伯爵家とは今まで取引がありませんでした。それなのに、そんな話をしてくるのは違和感があります』

『ラヴェンロー伯爵は慎重な性格で有名だからな。それなのに急に取引先を増やそうとしたら、ディアナが警戒するのも不思議ではないだろう。理由はそれだけか？』

『マチアスは私を嫌っている聖女候補――リーゼの親衛隊でもあるんです。私への嫌がらせのために魔族を雇った。そう考えても、おかしくないと思いませんか？』

リーゼの親衛隊の中で、魔族に報酬を払えるだけの財力を有しているのがラヴェンロー伯爵家だった。ほかの貴族では、財政的に困難だろう。

『そして……一番は私の勘ですね。嫌な予感がするんです』

『勘……か。はっはっは！　おもしろいことを言い出すな』

アロイス様が笑い声を上げる。

『だが、素晴らしい。よく俺に相談してくれた。ラヴェンロー伯爵家は、こちらも目を付けていた。会計で不審なところがあったんだ。だが、確証はなかった。いくら王族とて、疑いだけで伯爵家に押し込むのは不可能だしな』

『法が許しませんからね』

『しかし今回のことで、法律家に強く訴えられるだろう。すぐにラヴェンロー伯爵家に強制捜査を――』

『そのことなんですが……私、当初の予定通り、ラヴェンロー伯爵家まで商談をしにいこうと思うんです』

ここに来るまでに考えていたことを、アロイス様に伝える。

『なんだと？』

不可解そうな目をアロイス様は私へ向ける。

『それはダメだ。ラヴェンロー伯爵家が本当に魔族とつながっているなら、君に危険が及ぶ。君からの提案ではあるが、許可はできない』

『ですが、真正面からぶつかっても、悪事の証拠は掴めないと思うんです。のらりくらりとかわされるだけです』

実際、ラヴェンロー伯爵家は疑いを持たれつつも、ここまで決定的な証拠を出してこなかった。

きっと正攻法ではラヴェンロー伯爵家を追いつめられない。

『なら、何か？　君が行くことによって、やつの油断を誘うとでも？』

『はい』

『ラヴェンロー伯爵のことはよく知っているが、慎重なだけではなく、なかなか狡猾《こうかつ》な人物だぞ？

君の考えがうまくいくとは思えない』

『もちろん、たかが小娘の私がラヴェンロー伯爵を出し抜けるとは思っていません。しかし……その息子マチアスなら？』

これは希望的観測も含まれているけれど――今回の件はマチアスが勝手にやっているんじゃないかと思う。

そうじゃないと、こんなタイミングで私に手紙を出してくるなどと、うかつな真似《まね》はしないはず。

『だから……私を囮《おとり》として使ってください』

正直なことを言うと、とても怖い。

先日、魔族に襲われた恐怖がまだ色濃く残っている。

だけど引きこもっているだけでは、事態は進展しない。魔族や、その裏に潜む者に好き勝手させるのも、腹が立つしね。

時には勇気を出して、前に進む必要がある。

『だが……』

心配そうな声を発するアロイス様。

『大丈夫ですよ。だってオレールさんが私を守ってくれますから』

『……少し考えさせてくれ』

アロイス様は窓の外を見て、じっと考え込む。

結論を出すのにはそう時間はかからなかった。

『……わかった。君の案を採用させてもらおう』

『あ、ありがとうございます！』

『だが、オレールひとりだけではまだ不安だ。ほかにも護衛騎士を付けさせてもらう。とびっきり優秀な人材をな。そして……突入の際に、やつらの動きを一瞬だけ止めてほしい。それを君にも手伝ってもらう』

『お安いご用です』


――そして私たちの作戦は見事に的中した。

いくら魔族でも、選《え》りすぐりの護衛騎士の前では歯が立たない。

視界が遮られているせいでよく状況は掴めないが、私たち圧倒的優勢で事が進んでいるのはわかった。

このままいけばマチアスを……！

そう思ったのも束の間、煙の中から一体の魔族が飛び出し、私に襲いかかってきた。

「せめて、てめえだけでも殺してやる！」

迫り来る魔族。振り上げられる右手。

すべてがスローモーションに見えた。

このまま魔族が手を下ろせば、私の命はいともたやすく消えるだろう。

死の予感が目の前まで迫ってきて、足がすくんでその場から動けなくなる。

「……！」

人生の走馬灯が頭の中で流れる。

私は咄嗟《とっさ》に目をつむり――

「おっと」

次の瞬間、魔族は背中から斬られた。

「ディアナ、あまりぼーっとするな。君が無事でなければ、たとえこの戦いに勝利しても、作戦は失敗に等しい」

「ア、アロイス様!?」

私の腰に手を回し、そう語りかける男性。

思わず見惚《みと》れてしまう美麗な顔は、まさしく――この国の第一王子アロイス様であった。

「怪我《けが》はないか？　ディアナ」

「は、はい」

戸惑いながら、うなずく。

彼が来てくれなければ、私の命は潰《つい》えてしまったかもしれない。

だけど命がけだったのは、アロイス様も同じ。

自身の恐怖や不安を一切出さず、ただ私の身を案じてくれる彼の様子は、とても頼もしい。

アロイス様がこうしてそばにいてくれると、先ほどまで感じていた恐怖がずいぶんと薄れていく。

「ですが、どうしてあなたがここに……」

「説明はあとだ。まずは魔族を殲滅《せんめつ》するぞ。君のことは、俺が守る」

そう言って、アロイス様は剣を取り、別の魔族に立ち向かっていく。

戦っている最中の彼は堂々としていて、その剣技は圧巻のひと言。護衛騎士の方々に引けを取らない。いや、それ以上な気がする。

それから程なくして、魔族は全滅し、砂と化した。マチアスは捕らえられ、護衛騎士たちによって床に頭を押さえつけられている。

「くっ……僕に触るな、たかが騎士が！　僕は貴族なんだぞ！　お前らごときが触れていい存在じゃない！」

さっきから、ぎゃあぎゃあうるさい。

それを見て、アロイス様が顔をしかめる。

「嘆かわしいことだ。貴族としての誇りも忘れ、それだけではなく魔族と手を組むとは……」

「その通りですね」

アロイス様の言葉に、私はうなずく。

「アロイス様、あらためて聞かせてください。どうしてあなたがここに？」

この屋敷に突入してくるのは、オレールさんを含め何人かの護衛騎士だけだと事前に聞いていた。

まさかアロイス様が来るとは思ってもいない。

私が問いかけると、アロイス様はしてやったりといった顔を浮かべる。

「君ひとりを危険にさらして、俺だけが安全圏でぬくぬくと待機するのは我慢できなかったんだ」

「……ありがとうございます。アロイス様のおかげで私は助かりました」

でも――と私は続ける。

「そんなこと思わなくてもいいのに……この国にとってあなたは大切な人です。もし、あなたが魔族に殺されてしまったら、この国はどうなるんですか？」

助けられたという事実はあるものの、どうしてアロイス様がそこまでしてくれるんだろう？　という気持ちが先だった。

彼にとって、私は婚約を申し込んでいるとはいえ、一令嬢にすぎない。

わざわざ自らの命を危険にさらして、助けるまでもないと思う。

「絶対大丈夫だという確信があった。オレールもいたしな。しかし……まあ、俺がわざわざ出しゃばるほどではなかったかもしれない。だからこれは俺の我儘《わがまま》だ」

「我儘《わがまま》？」

「好きな人にカッコいいところを見せたい。好きな人をこの手で守りたい。そう考えるのは、おかしなことか？」

アロイス様はそう言って、私の瞳を真剣に見つめる。

その瞳から、私は視線を逸らせない。

私にとって、アロイス様は完璧な王子殿下だ。いつも遠くから眺めることしかできなかった。

しかし、今の彼はどうだろうか？

私を『好きな人』と言い、命がけで助けにきてくれた。

勇敢で、素敵な人。

本当に私のことが好きなんだと、ここにきてようやく実感が湧いてくる。

「どうした？」

私が黙っていたからなのか、アロイス様は少し心配そうな声音で尋ねてくる。

「――――！」

アロイス様の顔を見ていられなくって、咄嗟《とっさ》に顔を背けてしまう。

今の私の顔は、さぞ真っ赤になっているだろうから。

取り乱した様子を彼に見られたくなくて、話題を逸らす。

「で、ですが、それなら私に言ってくれてもよかったじゃないですか。ビックリしましたよ」

「君に言ったら必ず止められると思ったからな。だから内緒にしておいた。まあ……そうじゃなくても、オレールに止められたが」

「殿下には困ったものですよ。あのときは大変でした」

オレールさんが近づいてくる。

「ですが……アロイス殿下がいてくれたからこそ、戦いを早く終わらせることができました」

「たまには剣を振るわないと、鈍ってしまいそうだしな。そういう点でもちょうどよかったかもしれない」

よくよく考えてみれば、アロイス様は学園内で行われた剣術大会で、在学中三年間すべて優勝をおさめていたと聞く。

とはいえ、私はアロイス様の戦いっぷりを見るのが初めて。正直ここまでとは思っていなかったのも事実。

「殿下！　殿下！　僕の話を聞いてください！　その女は稀代《きだい》の悪女です！」

組み伏せられているマチアスは、アロイス様に訴える。

アロイス様はゴミを見るような目をマチアスに向けた。

「稀代《きだい》の悪女？　何を言っている」

「その女は学園内の男たちをたぶらかしています！　だまされないでください！」

「彼女はそんな人間ではない。たぶらかしているというのなら、何か証拠はあるのか？」

「彼女はリーゼを陥れ、悲しませた！　それだけで稀代《きだい》の悪女だと言うのは、十分だと思いませんか？」

「……はあ」

支離滅裂なマチアスの言い分に、アロイス様は深いため息をつく。

「愚かだ。自分の信じたいものだけを信じる。人間にはそういう側面もあると思うが――貴様には誇りと信念が足りない。話ならあとでたっぷり聞かせてもらう。さっさと俺の前からいなくなれ」

アロイス様が護衛騎士に目配せすると、彼はマチアスを無理やり立たせ、部屋から出ていく。

「ああ……ごめん、リーゼ。僕では君を守れなかったよ。こんな僕を許してくれ……せめて君の作ったクッキーを、最後に食べたかった……」

連れていかれながら、マチアスは肩を落とし悲しげにつぶやいた。

最後までリーゼに屈折した恋心を向ける彼の瞳はどんよりと濁っており、ぞっとしてしまう。

マチアスがいなくなり、騒然さが幾分か緩和される。

だが、彼のリーゼへの不気味な執着心を思い出すと、何かが胸に引っかかった。

「リーゼ……か。彼女にも話を聞かせてもらわなければならないな」

私が違和感を抱いている最中、そう言うアロイス様の表情には疲れの色が見える。

「今回の件に絡んでいたなら、さすがに聖女候補とはいえ、罰せざるを得ないぞ」

聖女候補の失落。

それがもし実現してしまえば、政治的にも大きな混乱が起こる。

この先の未来のことを考えるアロイス様の心労は、計り知れないだろう。

「アロイス様……すみません」

「なぜ、君が謝る？　そんなことより、ディアナ。今日はよく頑張った。一王子としても礼を言うよ」

そう言って、アロイス様は私の頭をポンポンしてくれる。

こんな状況だけど……デートのとき以上に、胸の鼓動が速まったのであった。

◆

その後、マチアスへの尋問が行われた。

私の予想通り、今回の件はラヴェンロー伯爵に黙って、息子のマチアスが勝手に暴走した結果らしい。

どうして魔族を雇ってでも、私を殺そうとしたのか？

その理由も予想通り。

リーゼ親衛隊にとって、私は敵。

どうにかして、私を陥れたい派閥が存在した。

それはリーゼが苦言を呈することによって、一旦収束したかのようには見えたけれど、マチアスは激情を爆発させた。

以前から魔族を雇い、私を亡き者にしようとしたが、なかなかうまくいかない。

そこで今回のような逃げられない状況を作り、一気に私を仕留めようとしたという。

魔族とつながっていただけでも大罪なのに、人ひとりを殺そうとしたのだ。

彼の罪は重い。

マチアスは投獄。

さらにラヴェンロー伯爵家の取り潰しが決まった。財産を全没収され、平民として暮らしていくことになるらしい。

こうして、今回の一連の事件は幕を下ろした。

マチアスもいなくなり、私が魔族に襲われることもないだろう。

……あっ、そうそう。

リーゼのことね。

今回の事件にリーゼが関与しているのではないかという疑いを、マチアスは最後まで否定した。

自分ひとりが勝手にやったことでリーゼは悪くない、と。

とはいえ、それを、そのまま信じるわけにはいかず、リーゼにも調査が入ることになった。

しかし、彼女は本当にマチアスのやろうとしたことを知らなかったみたいで、むしろ親衛隊の過激な行動に、頭を悩ませていた立場だった。

裏を探っても、今回の事件とのつながりは見えてこない。

この国の司法はそんなに甘くない。リーゼの証言は本当だと言わざるを得なかった。

しかも彼女は聖女候補。

彼女の処遇に対しては、政治的な動きが働いたともコルネリアから聞いた。

よって、リーゼには行動の制限が設けられたものの、特に罪に問われることはなかった。

少し思うところがある結末だったけど……マチアスの件に関しては、リーゼは（まったく関係がないとは言い切れないかもしれないけど）無関係なことは事実。

異論を唱えるわけにはいかないわね。

それから念のために、数日間は私に護衛がつけられたままだったけれど、何も起こらないのを見計らって、オレールさんの任も解かれた。

でも、これで本当に終わりなのかしら？

あのとき、私たちに襲いかかった魔族の様子。そして、最後のリーゼに執着していたマチアスの表情。

あれらを思い出すと、わずかに残った不安が大きくなるが、その正体はわからなかった。

とはいえ、ようやく落ち着いた日常が戻ってきたのだ。

私はそのタイミングで、王城に出向くことを決めた。

ひとつの『答え』を持って。

私はアロイス様に伝えなきゃいけないことがある。

◆

夜の王城。

バルコニーに出て、アロイス様と一対一で話をすることになった。

彼はバルコニーの手すりに手を置き、眼下の風景を眺めている。

私もその隣に立ち、彼と同じ風景を眺める。街の灯りが星のようで、場には甘い空気が流れていた。

「俺はいずれ王となり、この風景を守っていかなければならない」

アロイス様は視線を前に向けたまま、そう口にする。

「ご立派です。もちろん、私も貴族です。国を引っ張る立場にはあるとは思いますが……そこまで大きな視点を持っていたかと問われると、すぐにはうなずけません」

私は自分のことで精一杯。

「ですが、アロイス様はその覚悟を昔から持っていたんですね」

「いや、俺も君と一緒だ。昔の俺は王座につくことを嫌がっていた」

私が知っているアロイス様はいつも自信に満ちている。いまだに『アロー君』とイメージが重ならないくらい。

学園に在籍している頃から、彼は数々の功績をあげていた。それも将来的に王座につくための準備だったに違いない。

「アロイス様が……ですか？　あなたほど次期国王にふさわしい人物はほかにいませんよ」

「それは今の俺を見ているからだ。昔の俺は常に何かにおびえていた。ひとりではパーティーに出席できないくらいにな。実際、パーティーの最中に逃げ出し、歳下の女の子に元気づけられたほどだ」

歳下の女の子というのは、私のことだろう。

「周りの人間は俺に王となれと言う。しかし自信がなかった。王座につく自分をどうしてもイメージすることができなかった。なのに……変われたのは君のおかげだ」

昔の君を思い出を大切にするかのようにアロイス様は続ける。

「昔の君を思い出すと、その頃から心が強かった。いつも前を向いているような少女だった。俺は思ったよ。君のように勇気がある少女になりたい……と」

「以前にもそうおっしゃっていましたね」

「そして……久しぶりに会った君は何も変わっていなかった。変わらず、強い女性だった。再会して、俺はますます君のことを好きになった。大好きな……君のままだった」

アロイス様は視線を私にまっすぐ向ける。

「教えてくれ。君はどうしてそんなに強い？」

「……そうですね」

少し考えてから私は伝える。

「お褒めいただくことはうれしいです。ですが……アロイス様が思っているほど、私は強くありません」

成長するにしたがって、両肩には重いものがのしかかってきた。

侯爵令嬢として、ふさわしい行動を心がけなければならなかった。

思えば、フリッツとの関係はとっくの昔に破綻していたのかもしれない。

もっと早く、婚約破棄を告げるべきだった。

……そうしなかったのは、家に迷惑がかかると思ったから。

自分の気持ちを封じ込め、フリッツの大好きな『ディアナ』を演じるしかなかった。

私が本当に強ければ、もっと早くからきっぱりと彼に別れを告げられたかもしれない。

「強くない……か。とてもそうは思えないがな。先日のラヴェンロー伯爵子息との一件だって、君が出ていく必要はなかった。魔族に殺されてしまう可能性すらあったんだ」

しかし――とアロイス様は続ける。

「君は戦いの場に身を投じた。逃げても誰も文句を言わないのに。そもそも逃げたことにはならないのに、君は問題に真正面から向き合った。並の令嬢ができることではないと思うが？」

「いいえ」

私は首を横に振る。

「普段の私だったら、自らラヴェンロー伯爵家へ足を運ぶことはなかったでしょう。魔族の危険性はわかっているつもりです。私だって怖いんです。そんな私が勇気を出せたのは……あなたのおかげ」

「俺か？　大したことを俺は何もしていない。皆に指示を出しただけだ」

「違います。あなたがうしろにいると思ったから、私は勇気が湧いてきました。これって、とても素敵なことだと思うんですよ」

仮にうしろにいるのがフリッツだったら――？

私は勇気を出せなかっただろう。

フリッツの前で私ができるのは、我慢することだけ。

「それに、アロイス様が助けにきてくれました。危険で、王子としては褒められた行動ではなかったかもしれません。だけど……私はうれしかった」

「君の勇気に触発されたんだ。言うなれば、あれも君のおかげだよ」

ふんわりと柔らかく笑うアロイス様。

「アロイス様、お話があります」

そんな彼の表情を見ていたら、自然と勇気が出てきたから。

私は彼の瞳を見つめ返し、こう告げる。

「あなたとの婚約、お受けします。あなたと一緒なら、私はもっと強くなれるから。そして……隣であなたを支えたい」

アロイス様は表情を明るくする。

「……！　そうか。ありがとう」

続けて、安堵《あんど》の息を吐いて手すりにもたれかかった。

「よかった……断られる想像もしていたからな」

「お返事が遅くなってしまい、申し訳ございませんでした。もしかして……不安にさせてしまいましたか？」

「当然だ。俺は君のおかげで変われた。でも、本質は臆病なままなんだ」

「信じられない話です」

「そうか？　なら、今から知っていけばいい」

そう言って、アロイス様は私の両肩に手をかける。

「ディアナ、あらためてよろしく頼む。たまには苦労をかけるかもしれない。しかし君には不自由を強いるつもりはない。何かあっても、全力で君のことは俺が守る。俺のことを信じてくれ」

「アロイス様と婚約すると決めてから、不安になったことはありません。だから私はアロイス様と一緒になろうと思ったんです」

「……何度でも言う。ありがとう」

アロイス様の右手が私の額に当たる。彼の指先は丁寧に、私の前髪をそっと上げた。

彼の美しい顔が近づいてくる。

次の瞬間、彼の温かな唇が私の額に接触した。

花のような甘みと深みがある香りが、鼻梁《びりょう》をくすぐる。

「今日はこれくらいにしておこう。これ以上君といたら、この先の光景を見てみたくなりそうだから」

アロイス様は優しく微笑んで、私から顔を離した。

正直、恋をするのは怖い。

フリッツのときのように、また失敗してしまうかもしれないから。

愛し愛されるって、どういうことかわからなくなって、内にこもっていたほうがきっと楽だったと思う。

だけど、あの日アロイス様に助けられて、彼の愛情を知り、自分が抱いている感情に気づいた。

——きっと、私も彼を好きになったんだって。

彼と婚約したら、何が変わるのだろう。

だけど変わることを恐れていては、前に進めない。

今までの私だったら、怖くて一歩も踏み出せなかった。

でも、きっと大丈夫。

私の隣には大好きなアロイス様がいてくれるから。

こうして私はアロイス様と無事に婚約を結んだのであった。

第五章　穏やかで平和な日々

私がアロイス様と婚約した話は瞬く間に広がった。

学園に行くと、みんなが私を見る。露骨に取り入ろうとする者も現れた。

しかしそれは仕方がない。未来の王妃になるかもしれない人間に、気に入られようとするのは当然の行為だから。

私はそれを笑顔で対応していった。

学園の変化はそれだけではない。

マチアスが処罰されたことによって、学園の生徒たちの間に動揺が走った。

それと同時にリーゼやその親衛隊の動きも、さらに目立たなくなっていった。

変な真似《まね》をすれば、マチアスの二の舞になってしまうかもしれない、そう考えたんだろう。賢明な判断だ。

リーゼ自身もあれ以来、しおらしくなっている。今まで近くにはいつも誰かしらの男がいた姿から思うと、信じられない変化だった。

あと、気になることがもうひとつある。

フリッツの変化だ。

彼は学園には来ているものの、あいかわらずかつての明るさはない。

みんなも腫れ物を扱うように、フリッツと接している。

その原因の一端は、フリッツが私の元婚約者だから。

彼と仲良くして、私の怒りをかってしまうことを危惧しているんだろう。そんなこと、ないのにね。

さらにコルネリアから聞いた話は、私にとって予想外のものであった。

「最近のフリッツのことだけど……リーゼとは、まったく関わりがないように見えるらしいわ」

パーティーでの一件のことを知っている者は多い。勘が鋭い人間なら、あれが私とフリッツが婚約破棄にいたった理由だと、気づいてもおかしくはなかった。

フリッツが私をなおざりにして、リーゼを懇意にしていることも、多くの人間が知っている。

この年頃の女の子は、他人の恋愛話に敏感で、それは貴族だって例外ではない。

だからこそ、フリッツとリーゼの関係について、注目している者も少なくないが、彼は明らかにリーゼを避けているらしいと聞いた。

「いつ頃くらいから？」

「一度、バカな親衛隊のせいで、ディアナの悪評が広まった時期があったじゃない？　そこくらいから顕著になったらしいわよ」

ますます疑問。

マチアスの一件が解決して以降の話だったら、まだ理解できるけど、それ以前なら彼の行動としては違和感がある。

「ちょっと不思議ね。私と婚約破棄をしたのよ？　フリッツがリーゼと恋愛関係になろうが、咎《とが》められる理由もなくなったのに」

「まあ、自由恋愛を推奨しない貴族は眉をひそめるかもしれないけどね」

「そうね。だけどフリッツにとって、これはチャンスだとも言えるかもしれないわ。それなのにどうして……」

深く考えようとしたが……やっぱり、やめた。

ふたりが今後どうなろうが、知ったことではない。

だけど、むずがゆさは残ったままだった。

ただ、周囲の変化はあったものの、私はそれに惑わされず、学園に通い続けていた。

「ディアナ、もう少しね。お兄様との婚約お披露目パーティー」

お昼休み。

コルネリアが話しかけてきた。

「ええ。おかげさまで、最近はその準備で忙しいわ。まあ嫌じゃないけど……」

私がアロイス様と婚約を結ぶと、王城から家庭教師が派遣された。

今まで空座だった次期王妃の位置が急に埋まろうとしているのだ。

まだ婚約段階なのに、と言うわけにもいかず、私には王妃になるための教育が施されることになった。

学生としての勉強、そして王妃になるための教育で正直目が回りそうだ。

だが、幼い頃から私は理想の令嬢になるため、たくさん勉強してきた。

そのおかげで最近の忙しさにも、なんとかついていけている。つい数日前には「物覚えがいい」と家庭教師に褒められたところだった。

お父様とお母様に感謝ね。

「それにしてもディアナが義姉になるのかー。なんだか変な気分ね」

「私もそれは同意」

「これからは敬語を使ったほうがいいかしら？」

「勘弁してちょうだい」

私は笑いながら肩をすくめる。

アロイス様と婚約したものの、コルネリアとの関係が大きく変わることはない。

「婚約お披露目パーティーは、お兄様も張り切っていたわ。長年の恋が実ったんですもの。はしゃぐのは無理ないと思うけど」

「アロイス様のそういう姿は、なんだか想像できないわね」

なんとなくだけど……アロイス様はいついかなるときも涼しい顔をしている気がする。

勉強だらけの日々で頭がパンクしてしまいそうな私とは大違い。

「お兄様って、意外と不器用なのよ？　まあそれも後々わかってくると思うわ。だってあなたはお兄様の婚約者だもの」

「そうかしら……」

やっぱりまだアロイス様と婚約した実感がない。

王城に足を運ぶ機会も多くなったものの、特に彼との接し方が変わったわけではないし、仮に王子という肩書きがなくても、アロイス様以上に素敵な方はいないからね。

前よりはマシになったが、やっぱり「私以外にも適当な方いたんじゃ？」とたまに思ってしまう。

「あっ……そうだ」

コルネリアは何かを思い出したのか、こう続ける。

「そういえば、あなたに会わせたい人がいるのよ」

「私に？」

「うん。お相手もディアナにとても会いたがっていたわ。忙しいと思うけど、週末に少しだけ時間をくれない？　私も当日は一緒にいるから」

「もちろん、いいけど……どうしてこのタイミングなの？」

「お相手は隣国の方でね。とある用事で、しばらくこちらに滞在することになったの。だからちょうどいい機会だと思って」

「ふうん、そうだったのね」

どちらにせよ、断る理由がない。

しかし……コルネリアが私に会わせたい人物って誰なんだろう？　しかも相手も私に会いたいと言っているという。

質問したいが、こういうときのコルネリアは正直に答えてくれない。質問するだけ無駄。

私もコルネリアとの付き合いが長くなってきたので、彼女の性格はわかっている。

当日のお楽しみというやつね。

「ふふっ、お相手もきっと喜ぶと思うわ」

そのとき、コルネリアが何かを企《たくら》んでいるような笑みを一瞬だけ浮かべた。

◆

日が過ぎるのは早いもので、私は王城に来ていた。

理由はもちろん、先日コルネリアが言っていた人物と会うためである。

応接間のソファーに座り、相手が来るのをコルネリアと一緒に待つ。

「ねえねえ、そろそろ教えてくれてもいいんじゃない？　今日来る人は誰なの？」

「え？　私の婚約者よ」

コルネリアが呆気なく言う。

彼女の婚約者……

一瞬思考が停止してしまったが、私はすぐにそれが誰なのかを思い出す。

「って……隣国の王子殿下じゃない！　どうしてそんなに大事なことを、今まで黙っていたのよ⁉」

思わずソファーから立ち上がってしまい、大きな声を出してしまった。

家庭教師がここにいれば「未来の王妃様だというのに、はしたない真似《まね》を！」と注意されていたところだろう。

「だって聞かれなかったんだもの」

「いや……答えてくれないと思ったから」

「まあ答えなかったけどね。あなたを驚かせたかったから」

飄々《ひょうひょう》と言ってのけるコルネリア。

彼女のことだから、きっと相手は大物だと予想していた。だけど、隣国の王子殿下はさすがに大物すぎる。

「はあ……『隣国の方』と聞いて、ピンと来るべきだったわね」

抗議の視線をコルネリアに向けると、彼女はいたずら成功と言わんばかりに微笑んだ。

先日のマチアス家での一件で、私に話さず助けにきたアロイス様と彼女の姿が重なり、このあたりは似ているなとしみじみ感じる。

「そんなことより、そろそろ来ると思うわよ。いつまでも立ってないで、座って座って」

「ちょ、ちょっと待って。心の準備が……」

言いかけるが、現実は無情。応接間の扉が開いて、ひとりの男性が現れた。

「君がアロイスの婚約者か。話には聞いていたけど、美人だね」

来た、彼こそが隣国の王子殿下だ。

名をサロモン・フィロモノールという。

太陽の輝きをそのまま閉じ込めたかのような金色の髪。整った顔立ちからは、誰もが目を引く色気を感じる。

表情は柔らかく、その瞳は誰とでも気さくに接するような温かさを秘めていた。

噂《うわさ》には聞いていたけれど、全身からキラキラと輝きを放っているような美男子ね。

「サロモン様、婚約者もいる相手に、そのように軽薄に美人だなんて言うことは、あまり褒められた行為ではありません」

「はは、ごめんごめん。つい口から出ちゃった」

窘《たしな》めるコルネリアに、サロモン様は小さく舌を出した。

いくら相手が婚約者とはいえ、隣国の王子様に物おじしないコルネリアに驚いたが、私はそういうわけにはいかない。

「サロモン様、本日はお目にかかれて光栄です。私は――」

「ああ、いいっていいって」

サロモン様は手をひらひらさせながら話し続ける。

「そんなにかしこまらなくてもいいよ。今日は世間話をしにきただけなんだ。どうか今日は僕の肩書きは忘れて、普段通りに接してほしい」

「は、はい」

サロモン様はそう言ってくれるが、『隣国の王子』という肩書きを頭から打ち消せるはずがない。

私は落ち着くために、一度深呼吸をしてから、再び話し始める。

「コルネリアからすでに聞いているとは思いますが、あらためて自己紹介をさせてください。私はディアナ。コルネリアとは友人の間柄です」

「僕はサロモン。よろしくね……うん、近くで見てもやっぱり美しいね。あの堅物のアロイスが惚《ほ》れるのも仕方がない」

また『美しい人』と言ったサロモン様に、コルネリアは鋭い視線を向けるが、彼は気づいていない様子である。それとも、わざと気づかないふりをしているのだろうか？

「サロモン様、ディアナの見た目ばっかり褒めないでください。私の親友は心もキレイなのですよ。そういうところにお兄様は惚《ほ》れたのです」

「うん。それはちょっと話してみて、なんとなくわかった」

これだけふたりが手放しに褒めてくれると、さすがの私とて照れる。次の言葉が出てこない。

相手は王子でありながら、なんとなく話しかけやすさを感じる。緊張が薄れてしまいそう。

こういう空気感は、コルネリアと似ているかもしれない。

「サロモン様は、どうしてこの国に？」

サロモン様に尋ねる。

「決まってるじゃないか。数日後に開かれる、君とアロイスの婚約お披露目パーティーのためだよ」

「そ、そうだったんですね」

「もちろん、それだけじゃないけどね。しばらくここに滞在することになるし、ほかにもやるべきことはある」

サロモン様はさらに話を続ける。

「だけどやっぱり、君たちのパーティーに出席することが一番の仕事だと思っているよ。この国とは、これからも末長くお付き合いしていきたいからね。そんな打算的な考えもある」

そう言って、サロモン様は肩をすくめた。

「もうっ、サロモン様。あいかわらず照れ屋ですね。『親友のアロイス様の婚約を祝いたい』と、どうして素直に言えないのですか？」

「ははは、コルネリアはお見通しのようだね」

「アロイス様とはご親友なんですか？」

「うん」

うなずくサロモン様。

それは政治的なパフォーマンスではなく、彼の心からの本音に思えた。

「幼馴染《おさななじみ》……と言っても過言じゃないんじゃないかな？　幼い頃のアロイスもよく知っている。昔のやつはもっと自信がないように思えた。いつもこの国の国王陛下の背中に隠れているような……そんな男だった」

サロモン様は昔を懐かしむように言う。

「しかしあるときを境にアロイスは変わった。王子としての自覚が生まれ、明らかに目の色が変わった。最近のことのように思い出せるよ」

「あるときを境に……それは――」

「うん。ひとりの女の子に出会ったのが、きっかけだと言っていた。願わくば、彼女といつか結婚したいと言っていたが……って、少ししゃべりすぎか」

サロモン様はおちゃめに舌を出す。

その女の子……というのは私のことだろう。

「アロイスを変えた女の子を、いつか僕も一目見ておきたかった。だから今日、君に会えて光栄だよ」

「ありがたいお言葉です」

「サロモン様？　先ほどからディアナをずっと見ていませんか？　私、嫉妬してしまいます」

コルネリアがぷくーっと頬をふくらませる。頬袋にひまわりの種を溜めるハムスターみたいで可愛い。

「ああ、ごめんごめん。不安にさせちゃったかもね。でも、心配しないで。僕はコルネリア一筋だから」

不機嫌になったコルネリアをなだめるように、サロモン様が彼女の頭を撫でた。

見事な不意打ちをくらい、コルネリアの頬が朱色に染まる。

「なかなかコルネリアとは会えなかったからね。久しぶりに見た君は、さらにキレイになっている」

「あ、ありがとうございます。ですが、ここはディアナの前。あまりそのようなことを言われては……」

「だって、君から言ってきたんじゃないか」

「ここまで熱を込めたことを言われるとは、思っていませんでした」

おやおや。

ここまで、たじたじな彼女を見るのは私とて初めて。

彼女は常々「サロモン様とはあまり親しくない」と言っていた。サロモン様との婚約も政略的な意味合いが強くて、まだそこに愛はない……と。

しかし今日確信する。

あれはコルネリアの照れ隠しだったと。

サロモン様の言動を注意するのも、ふたりの関係性があってのことだろう。

それに彼の顔をうっとりと見つめるコルネリアは、とてもじゃないが、彼に愛を感じていないとは思えない。

「……ディアナ。さっきから、何をジロジロと見ているのよ」

仲睦《なかむつ》まじいふたりを、さすがに眺めすぎていたせいか。

コルネリアはジト目を私に向ける。

「なんでもないわ。ラブラブだなーと思って」

「そうだよ。僕とコルネリアはラブラブなのさ。彼女となら幸せになれる。ああ！　早く彼女と結

婚したい！」

そう言って、サロモン様は情熱的にコルネリアを抱きしめた。

彼女の顔がさらに赤くなる。

――いいなあ。

私とアロイス様は婚約関係になったものの、いまだ恋人らしさはない。

額には口づけをされたが、それ以上は皆無。

もちろん、それもアロイス様なりの気遣いだと思う。

私を傷つけないようにしてくれているんだろう。

だからこそ、私もアロイス様と距離を縮めたい。コルネリアたちを見ていると、自然とそう思えた。

「どうかした？」

私があまりにもじっと見てしまったからだろうか、サロモン様が私にそう問いかける。

「い、いえいえ、仲睦《なかむつ》まじいなと思いまして……」

「これくらいのことは、君たちだってしてるんじゃ？」

「婚約してからまだ日も浅いですし、……抱擁すらされたことはありません。もちろん、アロイス様が私のことを、大切に思ってくれるのは伝わっているんですが……」

「はは！　アロイスもやっぱり初心《うぶ》だね。やつらしいや」

サロモン様は愉快そうに笑った。

ひょっとして……男女間の仲ということを考えると、これは進展が遅い？

思えば、フリッツのときはもっと早かった気がする。

徐々に心の中に暗雲が立ち込めてきて、気持ちが落ち込んでしまう。

――アロイス様は、私との関係をどうしたいと考えているのかしら？

私だってコルネリアたちのような関係を築きたいけど、身分の差が気になって、あと一歩が踏み込めない。

このままじゃ、かつてのフリッツのように、アロイス様が私から離れていくのではないだろうか。

先日は命がけで助けてくれた相手に不安を覚えるなんて、と自分に罪悪感を覚えてしまう。

「……大丈夫。不安がる必要なんてないよ。不器用なだけで、アロイスは君のことを愛してるからさ。それは未来永劫《えいごう》、変わらないよ」

「……！」

も、もしかして言葉に出ちゃってた⁉

慌てて手で口を押さえる。そんな私を見て、サロモン様は苦笑した。

「心配しないで。声には出てないから。でも……君の顔を見ていたら、何を考えているのかわかりやすくてね」

「お、お恥ずかしいばかりです。それにしても……サロモン様はアロイス様のことを『初心《うぶ》』や『不器用』と言いますが、正直なところ意外です。何度かデートもしましたが、女性の扱いにとても慣れていると思いましたので……」

「アロイスが？」

そんなことを言われるとは思っていなかったのか、サロモン様がきょとんとした表情になる。

「何を言うんだ。やつは――」

「サロモン様、それ以上は野暮ですわ。先ほどから少々口が軽すぎます」

「そうだね。コルネリアの言う通りだ。アロイスも頑張っているなら、そっと見守ってあげよう」

……？　ふたりがなんのことを言っているのか、よくわからない。

「ふたりはきっと幸せな夫婦になるんだろうね。あらためて、ご婚約おめでとう。婚約お披露目パーティー楽しみにしてるよ」

「ありがとうございます」

祝ってくれるサロモン様は、先ほどまでの少しいたずらな笑顔ではなく、優しい顔だった。

◆

サロモン様にお会いしてから、さらに数日が経過した。

私とアロイス様の婚約お披露目パーティーは、とうとう目の前まで迫ってきている。

最近では忙しさにさらに拍車がかかり、目まぐるしい日々を送っていた。

私でこれなのだから、アロイス様はもっと大変だろう。

そのせいで、アロイス様と落ち着いて話をすることもできなかったけれど……ようやく時間が取れた。

私たちはお披露目パーティーの話し合いも兼ねて、ふたりで食事会を開くことにした。

場所は——私がアロイス様と初めてデートをした日。

そこで訪れた、夜景を一望することができる高級レストランだ。

「ディアナ、疲れていないか？」

対面に座るアロイス様が、私にそう問いかける。

「いえ、全然」

本当は勉強ばかりで疲労感はあるけれど……久しぶりにアロイス様との時間が過ごせて、その疲れも吹き飛んだ気がする。

「それならいいんだ。だが……最近の君は考え込むことが多いような気がしてな。疲れていなければ、何か悩みがあると思ったんだ」

さすがアロイス様……私のことをよく見ている。

彼だって忙しいのに、こうやって私を気遣ってくれるのは素直にうれしかった。

「悩み……というほどでもありませんが、少し思うところがありまして」

「ほほお？」

「先日、サロモン様とお会いしたんです」

「そうみたいだな。俺もサロモンに会ったよ。久しぶりに見たが、あいかわらずだった。君のことを褒めてたよ」

「ありがとうございます。それで……サロモン様とコルネリアが、とても仲良さそうにしていました」

仲良さそう……という言葉は使ったが、ラブラブと言っても過言ではない。

私だって女の子。ああいう関係に憧れを抱くときもある。

「サロモンとコルネリアは、付き合いが長いからな。ふたりの関係が良好で、陛下も安心しているよ。それが何か……？」

「……アロイス様と私の関係です。もちろん、アロイス様のことはお慕い申し上げていますし、サロモン様のように愛情をぶつけてくるタイプ……というわけでもないでしょう。ですが……」

ここまで言っておいてなんだけれど、これを言葉にしていいかわからなくて、口をつぐんでしまう。

そんな私にアロイス様は微笑む。

「恋人らしいことができていないのが不満だと？」

「い、いえ！」

心の中を読まれたようで、私はドキッとしてしまう。

「ふ、不満というわけでもないんです。ですが、そのことが原因で、アロイス様が私から離れていくのではないか……と」

言葉を選びながら、私はそう答えた。

「ふむ……」

するとアロイス様は少し考え込んでから、口を開く。

「すまない。君の悩みに気づかなかった」

「あ、謝らないでください！　私がうしろ向きなだけですから！　それに私を傷つけないように、大切に扱ってくれているのはわかりますし」

「俺は君を大切に思いすぎるがため、少々臆病になっていたかもしれない。そうだな……ならばやってみるか？　恋人らしいことを」

「恋人らしいこと……自分で言っておいてなんですが、それってなんなんでしょうか？」

私からの質問に、アロイス様からすぐに答えは返ってこなかった。

恋人らしいことといえば抱擁や口づけが頭に浮かぶが、個室とはいえ、こんな場所で行うのは抵抗がある。

どうしよう……

フリッツと婚約破棄してから、しばらく恋愛をしていなかったため、恋の方向音痴になっているかもしれない。

「逆に質問します。アロイス様はどんなことが、恋人らしいことだと思いますか？」

「君に……か」

顎《あご》を撫でながら、アロイス様はひとしきり考える。

「たとえばだが……俺も人並みに、恋愛小説を読んだことがある」

「殿下が？　なんだか意外です」

「文化を理解するために、そのような大衆小説にも一通り目を通しているんだ。今から俺が言うことは、少し子どもっぽいかもしれないが……」

少し迷った素振りを見せてから、アロイス様はこう続ける。

「その中に、恋人に何かを食べさせてもらうシーンがあった。一般的には『あーん』と呼ばれる行為だ」

「よくありますね。微笑ましくて、個人的には好きなシーンです」

「男女の仲としては、かなり初期の段階だ。今の俺たちに当てはまるだろう。君も好きなシーンだったと言っているし……あ、あれならどうだ？」

若干震えた声で、アロイス様はそう言った。

可愛らしい提案に、思わず笑みがこぼれる。

アロイス様も、こういう少年らしいところがあるのね。

だけどそれくらいなら、私でもできそうだ。

「王子殿下にそんな真似《まね》をして、本当にいいんですか？」

「恋人らしいことを尋ねたのは君じゃないか」

少しむっとしたアロイス様の声。

「そうですね……では、恐縮ながら」

そう言って、デザートのケーキをひと口サイズに切り分け、フォークに刺す。そしてアロイス様の口元に近づけた。

「アロイス様。あーん……」

「こ、こうか？」

アロイス様が恐る恐るといった感じで、軽く口を開ける。

よく見ると、頬が少し紅潮しているように見えた。

彼のほうからも、ゆっくりと顔を接近させてくる。普段は見ることのできない、その無防備な姿に、私は小動物のような可愛らしさを感じた。

そして私が差し出すケーキの一片を、アロイス様はなんのためらいもなく口で受け入れた。

ぱくっ。

彼はケーキを咀嚼《そしゃく》すると、ハンカチで口元を拭きながらこう答える。

「うまい。ただ愛する人に食べさせてもらうというだけで、どうしてこんなにおいしく感じるのだろうか。ありがとう、ディアナ」

「お、おおげさですよ」

今さらながら、私ってとんでもないことをしたんじゃ？

今の行為を教育係に見られたら、一発でアウトだ。

それはアロイス様も思っていたのだろう。

「このことはふたりだけの秘密にしておこう。ほかの者に知られれば、何を言われるかわかったものじゃないからな」

「そ、そうですね」

ふたりだけの秘密。

それは何よりも『恋人らしい』行動のように思えた。

だけど……もう、こんな我儘《わがまま》を言うのはやめておこう。

アロイス様は優しい。

私が我儘《わがまま》を言っても、ちゃんと受け入れてくれるだろう。

でも、それに甘えず、彼の負担にならないようにしなければ。

「どうした？」

黙って、そう決意していると、アロイス様はその雰囲気を感じ取って問いかけてくれる。

しかし彼に気を使わせるのもいけないと思い、「なんでもありません」と答えた。

「うむ、そうか……。そうだ、話は変わるが、お披露目パーティーについて、君に確認しなければならないことがある」

甘いムードから一転。アロイス様の表情が真剣になる。

「もしや、何かトラブルでも？」

「いや、それほどのものじゃないが、ミスがあったのは事実だ」

アロイス様は胸元から一枚の紙を取り出す。

「これはパーティー当日の出席者リストになっている。無論、ほんの一部だがな。まずはこれを見てほしい」

そこには貴族の名前が列挙されていた。

堂々たる人々の名前が連なり、このお披露目パーティーにかけるアロイス様の本気をしみじみと感じさせられる。

そしてその中に、私にとって関係が深い貴族の名前が記されていた。

「フィンロスク子爵家……」

「そうだ。君の元婚約者のところだ」

アロイス様はため息をつきつつ、話を続ける。

「今回のパーティーは、数多くの貴族を招待している。本来なら呼ぶべき相手でもないと思うが……中に紛れ込んでいたようだ」

きっと、アロイス様は最初から呼ぶ気がなかったに違いない。

しかし私とフィンロスク子爵の関係について、あまり詳しくない部下のひとりが、事務的に招待状を送ってしまったのだろう。

「フリッツも来るのでしょうか？」

「そうだと聞いている」

どんな顔をして出席するつもりなんだ……と思うけれど、王室から出された招待状に、フィンロスク子爵側が断りの返事を出すなんて簡単にできやしない。

彼らはこちらのミスだと知らないしね。

「俺の権限で彼らの出席を、強引に取り消すこともできる。君の判断に任せたい。フリッツ子息をパーティーに呼ぶか？」

フリッツとはあれから、気まずい関係になっている。

学園で顔を合わせても、お互いすぐにさっと視線を逸らしていた。

正直、彼とは二度と関わり合いになりたくなかった。それでも。

「かまいません。フリッツとは、もうなんでもないのですから。それよりも私たちの幸せな姿を見せつけてやりましょう。望むところですよ」

「君なら、なんとなくそう言うと思ったよ」

優しく笑うアロイス様。

それに、思うのだ。

お披露目パーティーで、フリッツとの関係が本当の意味で決着すると。

私としてはフリッツとの関係は完全に終わっているつもりだけど、相手はそう考えていないかもしれない。

それは最後まで往生際が悪かったフィンロスク子爵とフリッツの姿を思い出したら、わかる。

ならば私は目を逸らさず、彼との関係をきっちり精算すべきなのかもしれない。

その機会が舞い降りてきた。

神様からの啓示だと思って、粛々と受け入れましょう。

第六章　動き出した運命

お披露目パーティー当日。

王城のパーティー会場は、各地から集まった貴族や名士たちであふれていた。きらびやかなシャンデリアや、テーブルに並べられたおいしそうな料理が会場を華やかに彩っている。

ここに来ると十年前、アロイス様と初めて会ったときを思い出す。

もっとも、あのときの私は彼を王子だとわかっておらず、ひとりの少年『アロー君』として認識していたわけだけど。

今日は私はパーティーの主役のひとりとして、キレイなドレスを着ている。

上品なシルクの生地はしなやかに沿い、施された美しい刺繍《ししゅう》は、まるで一輪の花が咲き誇っているかのよう。胸元には宝石が繊細に輝き、衣装に彩りを加えていた。

挨拶《あいさつ》回りに奔走しなければならないけれど、感動してしまうほど美しいドレスは私に自信をくれる。今まで勉強してきた成果を出すときだ。

ちょっとは次期王妃らしい行動ができるかしら？

「お兄様、ディアナ、何度も言うけど、婚約おめでとう。自分のことのようにうれしいわ」

そう言ってくれるのはコルネリア。

彼女は淡い水色のドレスをまとっている。

それは夏の空を思わせるような涼しげな色合いで、彼女の魅力をより一層引き立たせていた。

「僕からも言うよ。ふたりとも、おめでとう」

彼女の隣にはサロモン様がいる。

コルネリアとサロモン様の姿を見ているだけでも、ふたりの仲睦《なかむつ》まじさが伝わってきた。

「ありがとうございます。これからはより一層、アロイス様の婚約者として、恥ずかしくない行動を心がけますわ」

ふたりに向けて、私は丁重に頭を下げる。

「そんなものは気にしなくていい。ほら、見てみろ。周囲の人間が君の美しさに酔いしれている」

私の隣に立つアロイス様はそう言って、私の瞳を見つめる。

「もう……！　アロイス様ったら」

先日の恋人らしいことをやった一件以降、彼と話すときさほど緊張しなくなった気がする。

「ふたりとも、見せつけてくれるわね。お似合いだわ」

そんな私たちの様子を見て、コルネリアとサロモン様は微笑む。

「僕とコルネリアも負けてないと思うよ？　そこだけは譲れない」

「サロモン様は変なことを言わないでくださいませ」

コルネリアがサロモン様を窘《たしな》める。

ふたりのラブラブっぷりには年季が入っている。まだまだふたりには勝てる気がしないわ。

「それにしてもサロモン、我が国はどうだ？　楽しんで――」

アロイスがそう言葉を続けようとしたときだった。

オレールさんがこちらに駆け足で来て、アロイス様に耳打ちする。

その声が漏れ、近くの私にふたりのしゃべっている内容が少しだけ聞こえてきた。

「……アロイス様。実は……令嬢が――」

「ん？　そんなことが」

「どうされますか？」

「そうだな……めでたいパーティーが台無しになってしまうことは、万が一にでも避けなければならん。俺が行く」

そう言って、アロイス様は私に視線を戻す。

「ディアナ。悪いが、急な仕事ができた。すぐに戻ってくる。しばらく君をエスコートできないが、いいか？」

「それは問題ございませんが……何かトラブルでも？」

「なあに、大したことはない。俺が行けば、すぐに解決する。オレール、君は引き続きディアナたちの護衛を任せる」

「承知しました」

そんなやり取りのあと、アロイス様は会場から去ってしまった。

「お兄様ったら、こんなときくらい仕事なんて忘れてもいいのに。婚約者をひとりにさせるなんて、言語道断だわ」

コルネリアは兄の行動に、少し憤りを感じているよう。

「まあまあ、アロイス様も大変なのよ。すぐに戻ってくると言ってるんだし、怒る必要はないわ」

なんにせよ、私はアロイス様の重荷になりたくない。

私と仕事、どっちが大切なの！

……なーんてことは、口が裂けても言いたくない。

「ディアナ……」

そのとき、もはや今となっては懐かしさすら感じる声が聞こえた。

反射的に声のするほうに顔を向けると、そこにはフリッツが立ちすくんでいる。

「フリッツ……」

フリッツは何かしゃべりたそうだ。

コルネリアとオレールさんが警戒して私の前に立とうとしてくれたが、私はそれをさっと手で制する。

「大丈夫。彼とふたりっきりでしゃべらせて」

「でも……」

「本当に大丈夫よ。私は次期王妃なのよ？　なんかしてきたら、不敬罪で捕らえてあげるんだから」

もちろん、そんなふうに権力を振りかざしはしないが、気合を込める意味でもそう口にした。

私は一歩踏み出し、フリッツに歩み寄る。

「よく出席できたわね。まだ私に何か言い足りないことでも？」

こんなところで、何か仕掛けてくるとは思わないけれど、警戒しておいて損はない。口を動かしながら、フリッツの動きを注視する。

「い、いや、そうじゃないんだ」

久しぶりに真正面から見た彼は、くたびれているようにも思えた。

「そ、その……婚約おめでとう。君ならアロイス殿下の婚約者にふさわしい。この国の未来も安泰だね」

油断はいけないと身構えていたが、彼の口から飛び出した言葉は、私にとって予想外のもの。

「あら……？」

フリッツがそんなことを言い出すと思っていなかった。

今までの彼ならこの期に及んで、婚約破棄を取り消してくれ……なんて、バカなことを言うと思っていたからね。

「どういう風の吹き回し？」

「許してくれと言うつもりはない。僕は許されざることをやった。だけど……僕でも反省するんだ」

そう言うフリッツの言葉には虚飾が入り込んでおらず、純粋に私のことを祝ってくれているように聞こえる。

正直、困った。

フリッツの顔を見たら「どう？　あなたが捨てた女は、こんなに幸せになってるのよ？　今、どんな気持ち？」とでも悪態を吐いてやろうと思った。

しかし今のフリッツの弱りきった姿を見ると、とてもじゃないが、そんなことは口にできない。

「今日、どうしてもそれを君に伝えたかった。だからこそ招待状が来たとき、迷ったけど、出席を決めたんだ」

「学園でいつも会ってるじゃない」

「学園じゃ、ろくに僕と視線を合わせようとすらしてくれないだろ？　僕も同じだけど」

……間違いない。

フリッツがそう返してくるとは思わず、つい笑いがこぼれてしまった。

「まあ……ありがとうと言っておくわ。あなたも早くいい相手が見つかるといいわね。あっ、あなたにはリーゼがいたわ」

「リーゼか……君と婚約破棄をして以降、彼女とはほとんどまともにしゃべっていないよ」

そういえばコルネリアから、そんなことを聞いていた。

「君に叱られて反省して……それから彼女とは距離を置いている。それに……遠くから眺めているだけだが、最近の彼女はおかしくって……いや、今思えば変なのは前からかもしれないが」

「どういう意味？」

思わず前のめりになって、問いかけてしまう。

リーゼがいけ好かない女だということは、今さらの話。

だが、いくら反省したとはいえ、リーゼを懇意にしていたはずのフリッツからそんなことを言い出すとは考えられない。

「彼女と距離を置いてから、考えたんだ。どうして僕は君じゃなくて、リーゼを選びそうになったんだ……って。そのとき、ある可能性に気づいた。彼女は――」

「火事だ！」

フリッツが言葉を続けようとしたと同時、剣呑《けんのん》な声が会場に響き渡った。

火事……？

よりにもよって、こんなときに？

パーティー会場はあっという間に黒い煙で充満し、みんなは咳払《せきばら》いをして、この場から逃げようとする。

「と、扉が開かない!?」

誰かがそう叫び、会場の人たちの混乱が最高潮に達する。

ほかの人たちもなんとか脱出経路を探ろうとするが、窓も扉もすべて鍵がかけられているようだ。窓ガラスを割ろうとしても、不思議なことに、まったく破損しない。まるで結界が張られているみたい。

「結界……？」

違和感が湧く。

オレールさんに伝えようとするが、煙のせいで視界が遮られ、みんなとはぐれてしまった。

……まずい！

「今だ！　やっちまえ！」

「人間どもを皆殺しだ！」

声が二重に重なっているような、そんな不思議な音。

私はこういう声を、今までに聞いたことがある。

「ま、魔族だと⁉　混乱に乗じて、襲撃をかけてきたか！」

護衛騎士らしき男の声が遅れて聞こえてくる。

魔族。

それは私にとっても記憶に新しい。人の姿を模しているものの、人間とは相容《あいい》れない存在。数か月前にはマチアスの暴走によって、私は魔族に殺されそうになった。

「みなの者！　冷静になれ！　こういうときのため、我々騎士がいるのだ！　やつらは今日こそが好機だと思ったようだが、それは間違いだ。今日が一番、城の守りは固い！」

オレールさんの声だ。

それを合図に、いたるところから戦いの音が聞こえてくる。

ここで私が出しゃばっても、足を引っ張るだけ。彼らにとって、私は守る対象なのだから。

だから見つからないように、なるべく戦いの音から離れるようにした。

「だけど……このままじゃオレールさんや、ほかの護衛騎士と合流できないわね」

こんなに視界が悪い中で動き回っていては、それこそ「狙ってくれ」と言っているようなものだ。

不用意に動かず、戦いが終わるのを待つ。

音を聞いたり、かすかに見える光景から判断するしかないが、幸いなことに、どうやら戦いはこちら側優勢で進んでいるよう。……このまま時間が経てば、直に混乱もおさまるはず。

それでも、私の中の不安はなくなるどころか、さらに大きくなっていく。

どうして、魔族はこの日に襲撃をしかけたんだろう？

この黒い煙はいわば結界のようなもので、これで参列者を会場内に閉じ込めた。ほかから救援が来るのを防ぐ狙いもある。

これだけ用意周到なら、突発的な襲撃ではないはず。

それでも魔族たちの思惑に反して、戦いはこちらが優勢になっている。

オレールさんが叫んだ通り、お披露目パーティーのために警備をいつも以上に厳しくしていたので、すぐに対処することができるから。

やつらの目的である『人間の皆殺し』を達成するには、いくら国中の貴族が集まっているとはいえ、今日という日を選ぶのは悪手な気がする。

準備もしていたのに、魔族はそんなことにも頭が回らなかったの？

護衛騎士たちの戦力を見誤ったの？

……実は本当の目的は別にあって、『人間の皆殺し』という目的は彼らにとってめくらましだったら？

私はその理由に思い当たり、心臓がきゅっと縮み上がるような感覚を抱く。

「狙いは……私？」

アロイス様や国王陛下という線も考えた。

しかし陛下は今この場にいないし、アロイス様も不在。

となると、この場で次に重要な人物……アロイス様の婚約者である私かもしれない。

マチアスの一件で、私と魔族のつながりは途絶えたつもりだった。

だけど……実はまだ終わっていなかったとしたら……？

「ど、どうしよう」

戦いが終わるのを待っている場合ではないかもしれない。

けれど、動いたら余計に事態を悪化させるのでは……？

時間にしたらわずかだっただろう。

その間隙を縫うようにして、うしろから邪悪な声が聞こえた。

「ここにいたか」

ぞっとして振り返る。

私の目の前には魔族がいた。

間髪容れずに、魔族は腕を闇でまとう。きっと、その闇は魔力なんだろう。腕が鋭利な刃物のような鋭さを帯び、私の胸を貫こうとしていた。

「……！」

おびえのせいで、声を発することができない。

「悪いな。お前にはなんの恨みもないが、これもあの娘の指令なんだ。死んでもらう」

娘……？

誰のこと？

その疑問に対する答えを出せないまま、次に襲いかかる痛みに備え——

「ディアナ!!」

私を呼ぶ声。

恐る恐る目を開けると、私と魔族の間にひとりの男が割って入っていた。

そのおかげで魔族の攻撃は彼に阻まれ、私は無傷。

しかし、魔族の攻撃は彼の胸を貫いていた。

「フ、フリッツ!?」

私を助けてくれた、彼——フリッツの名を叫ぶ。

彼はゆっくり私のほうへ振り向き、心から安堵《あんど》したような笑顔を浮かべる。

「よかった……君が無事で」

フリッツにとって、私は恨むべき対象のはずだ。

アロイス様のように、私を助ける理由なんてない。見捨てて当然の相手だろう。

なのに、どうして私の代わりに傷つき、そんな安らかな表情を浮かべるの……？

「なんで……」

問いかける間もなく、フリッツがゆっくりと床に倒れていく。

その光景を目にして、さーっと血の気が引いた。

「ちっ……邪魔が入ったか。仕切り直し――」

「ディアナ様！」

魔族が再び私を殺すべく腕に魔力をまとうが、それより早くオレールさんが駆けつける。

オレールさんは剣を一閃《いっせん》。

あっという間に魔族を葬った。

「ディアナ様！　ようやく見つけました！　ご無事ですか⁉」

「わ、私は大丈夫。だけど……フリッツが」

そう言って、前のめりに倒れているフリッツに視線をやる。

彼の背中から血がじんわりとにじみ出ている。呼びかけても返事はなく、微動だにしない。

私は最悪の事態を想像し、言葉を失ってしまう。

「……いえ、まだ息があります。すぐに治療すれば、助かるでしょう」

私の悪い想像を打ち消すかのように、オレールさんがそう言った。

「それは本当⁉」

「はい。まもなくこの戦いは我らの勝利で終わります。ディアナ様は私から離れないでください。

彼らの狙いはディアナ様かもしれません」

「う、うん……」

うなずく。

フリッツ……大丈夫よね？

黒い煙が会場に現れる前、私に何か言いかけていたわよね？

そのことも聞いてないし、私を助けた理由も……

お願い、生きて！

程なくして、オレールさんの言う通り魔族との戦いは終わり、私たち人間の勝利で幕を閉じたのであった。

◆

お披露目パーティーは中止となった。

不幸中の幸いでこの事件による死者はいない。

私の予想通り、会場を漂っていた黒い煙は魔族の仕業で結界魔法の一種だったらしい。

大半の魔族は護衛騎士により葬り去られ、生け捕りにした魔族も自ら命を絶ってしまい、魔族が襲撃してきた理由については結局わからず仕舞いだった。

おそらく、私が狙いなのだろう……とみんなは言っていたが、死人に口無しとはよく言ったもので、それが真実なのかはわからない。

以前、私が魔族に襲われたのはマチアスのせいで、一方的にリーゼの敵と決めつけ、魔族を雇って私を亡き者にしようとした。

けれど、もうマチアスは牢屋《ろうや》の中。

魔族と交渉なんてできない。

できたとしても、雇えるだけのお金もない。仮に雇えたとしても、こんな大規模な襲撃を彼にする度胸はないと思う。

そして、気になることはまだある。

パーティーの最中、アロイス様は会場を離れた。

あれは一体、なんだったんだろうか。

そのことを彼に聞いてみたら、こんな答えが返ってきた。

「媚薬《びやく》を口にしてしまった令嬢がいたんだ」

「媚薬《びやく》……」

別名、惚《ほ》れ薬。

もちろん、その存在については知っているけど、詳しい仕組みについては誰も解明できていない。

ただ、媚薬《びやく》はどうやら呪いの一種らしく、それを飲んだ者は意図した相手に惹《ひ》かれる効力があるのだとか。

男女かかわらず貴族が集まり、当日に料理が多く出されるこういった大規模なパーティーは媚薬《びやく》を混入させる格好の機会で、まれに紛れ込んでいることもあるという。

そのため私たち貴族は、媚薬《びやく》に注意するようにと幼い頃に教えられる。

とはいえ、媚薬《びやく》など滅多に目にしない。

幸い、私は今までお目にかかったことはなかった。

幼い頃に学んだことを次第に忘れて、無警戒に料理を口にしてしまう貴族も目立つ。媚薬《びやく》の被害に遭った令嬢は、そこを付け狙われてしまったんだろう。

「婚約お披露目パーティーで、媚薬《びやく》の被害が出るのは見逃せないことだ。だから俺が直々に彼女のところに行ったんだが……」

「大丈夫でしたか？」

「ああ。彼女が口にした媚薬《びやく》は少量だった。ぼーっとした顔になっていたが、大事にはいたっていない」

アロイス様は真剣な表情のまま、さらにこう続ける。

「少量とはいえ、これは由々しき事態だ。パーティーを一旦中止にして、出された料理をすべて回収しようとしたが……戻る前に魔族が襲撃してきて、俺は会場に入ることができなかった」

悔しそうにアロイス様が顔を歪《ゆが》める。

「確か、媚薬《びやく》って……」

仕組みについて誰もわからないのに、媚薬《びやく》がこの世に存在している理由。

「そうだ。魔族の間で作られていると聞く」

魔族の生態や彼らの持ち得ている技術については、未解明な部分も多い。

媚薬《びやく》はその中で代表的なもの。たまにマチアスみたいに悪いことを考える貴族が、魔族と交渉して媚薬《びやく》を入手してるのだとか。

無論、そういった行為は重罪で、発覚すれば裁かれる。

「なんということ……では媚薬《びやく》の件も、魔族襲撃と無関係ではなさそうですね。アロイス様を会場から離れさせる目的で、パーティーの料理に媚薬《びやく》を混入させたのでしょうか？　ですが、本当にそんなことが可能なのか……」

「パーティーの料理すべてに媚薬《びやく》を混入させることは不可能だ。しかし……ほんの一部分だけなら、なんらかの方法で可能かもしれない」

アロイス様が推論する。

料理に使われる食材に媚薬《びやく》を入れてしまえば、他人が判別するのはさらに難しくなる。

もちろん、城の人たちも食材は厳選しているだろうが、すべてに目を配らせることは困難で、媚《び》薬《やく》を口にしてしまった令嬢はたまたまそれに当たってしまったと考えられる。

「どうして、アロイス様を会場から離す必要が？」

「わからない。俺以外にも、媚薬《びやく》の一件で何人かの護衛も会場から離れたからな。それが狙いだったのかもしれない。だが……俺はこう思うんだ。魔族は俺をディアナから離したかったのでは……と」

「私とアロイス様を？」

「俺はパーティーの間、君からずっと離れなかったからな。いくら煙で視界を遮られたとしても、ディアナを守ることくらいはたやすかった」

案外、アロイス様が言ったことが正しいのかもしれない。

今回の件で、フリッツも疑われることになった。

彼が話しかけてこなければ——目の届く範囲だったとはいえ——オレールさんが私から離れることはないからだ。

しかし……その線はない気がする。

そもそも仮にフリッツが魔族とつながっているなら、命を賭してまで私をかばう必要がない。

行動が矛盾している。

フリッツが魔族と共謀していたというより、わずかな隙を魔族が見逃さなかったと考えるほうが自然。

それに……個人的には、絶対に違うと断言できる。

あのとき、私に笑顔を向けたフリッツは、とてもじゃないが悪意を持っていると思えなかったから。

◆

数日後。

私とアロイス様はフィンロスク子爵家を訪れていた。

婚約を破棄したというのに、再びここを訪れるのは複雑な心境だが……そうも言ってられない現状。

気まずそうなフィンロスク子爵に挨拶《あいさつ》をしてから、私たちはその部屋に足を踏み入れる。

「まさか君が見舞いに来てくれるなんて思ってなかったよ」

フリッツが白いベッドの上で、上半身だけを起こし、私たちに手を上げた。

オレールさんの見立て通り、フリッツはひどい傷を負ったものの、一命を取りとどめていた。

とはいえ数日間は寝たきりの状態で、彼の意識が戻ったと私の耳に入ったのはつい昨晩のこと。いてもたってもいられなくなり、私はアロイス様とともにここに足を運んだというわけ。

数日ぶりに目にした彼は、予想とは反して顔色もいい。ちゃんとしゃべれている姿を見ると、心から安心した。

私はフリッツとしばらく当たり障りのない会話をしてから、彼に疑問をぶつける。

「フリッツ。あなたはどうして私を助けたの？」

私なんか、助ける義理なんてないのに。

なんなら、婚約破棄を叩きつけた私のことをまだ恨んでいると思っていた。

「さあ……わからないんだ。強いて言うなら、勝手に体が動いた」

フリッツはすっきりとした表情でそう口にした。

「勝手に……？」

「もしかしたら、僕はまだ君のことが好きなのかもしれないね」

そんなことを言われると思わず、きょとんとしてしまう。

だが、フリッツは畳みかけるように言葉を続ける。

「愛する者が殺されそうになったら、それを守るのは当然の行いだろう？」

何を身勝手なことを。

……と今までの私なら言っていたかもしれない。

隣でフリッツの言葉に耳を傾けているアロイス様は何も語らず、複雑そうな表情を浮かべている。

とはいえ、フリッツが私の命を助けたことは事実。

「あなた……リーゼのことが好きだったんじゃないの？　あっ、そういえば最近はほとんどしゃべっていないって言ってたわよね」

「リーゼ……か。パーティーの最中、媚薬《びやく》を口にしてしまった令嬢がいたんだよね？」

「そうね。それが何か？」

「だったら、やっぱり……今回のことでますますリーゼに不信感を抱いたよ」

「え？」

どうして彼女に不信感を？

マチアスの一件は、学園内で広く知れ渡っている。もちろん、フリッツも聞き及んでいるだろう。

だから今回もリーゼ親衛隊が暴走した結果だと？

でも、そうだとしたら、いろいろと辻褄《つじつま》が合わない部分が出てくるはず。

「……君にあのとき、言いかけていたことがあったね。それを今、話すよ」

そう言って、フリッツはゆっくりとした口調で語り出した。

「リーゼには気をつけろ。彼女は危険だ」

◇◆◇

――僕はなんて愚かな行いをしてしまったんだ。

ディアナから婚約破棄を告げられ、徐々に実感が湧いてくるのと比例して、後悔は膨らんでいった。

彼女のことが好きだった。

美しく気高く知性を兼ね備えた彼女が自分の婚約者であることを、誇らしく思っていた。他愛もない会話が心地よく、彼女のさりげない仕草に心が躍る瞬間が無数にあった。

彼女と人生をともにし、幸せな夫婦関係を築くこと。

それが僕の夢見ていた光景だった。

それなのに、自分はどうしてリーゼに心惹《ひ》かれてしまったのだろうか？

あれからずっと、考えていた。

平民出身で貴族の常識を知らないリーゼは新鮮に映った。彼女のことが気になっていた。

だが、リーゼへの感情はそれまでだ。

僕にはディアナがいたし、リーゼのことを好きになるはずがなかった。リーゼがいくら可愛くても、それでディアナへの愛が揺らぐことはない。

なのに、リーゼと接しているとき、常に浮ついた気分になっていた。

頭がぼーっとする感覚。

リーゼからもらった手作りのクッキーを食べると、胸が高鳴った。少しずつディアナの存在が小さくなり、リーゼの存在感が大きくなっていった。

そして身分の隔たりなど関係なく、奉仕の心をもって相手と接することこそが本当の愛だと思い込んだ。

そしてその感情が最高潮に達したとき。

学園内でパーティーが開かれた。

僕がディアナと決裂するにいたった、運命の日。

いつものようにディアナをエスコートするつもりだった。すでにディアナへの愛に疑いを持っていたが、そうしなければ外聞が悪いからだ。

しかし僕はディアナではなく、別の女性に呼び出される。

——リーゼである。

なんでも『人が多いパーティーは慣れない。わたしはフリッツ様とふたりっきりで過ごしたい』と彼女は言っていた。

今思えば、違和感がある物言いだった。

それでもそのときの僕は気がつかなかったし、彼女が自分を求めていることに舞い上がってしまった。

ちょっとくらいならいいか。

少ししゃべって会場に戻れば、問題ないだろう。

ディアナを放って、僕はリーゼがいる中庭に向かった。

中庭に着くと、彼女はひとり、月明かりの下で待っていた。

月明かりに照らされるリーゼの顔は、妖艶で幻惑的な美しさを放っている。その美しさは通常のそれをはるかに超えており、一種の魔性を帯びていて、彼女から目線を逸らせない。

だが、首を横に振る。

ダメだ。僕にはディアナがいる。

いくらリーゼのことが好きでも、ものごとには優先順位がある。婚約者を長い間、ほったらかしにしてはいけない。

そう思い、リーゼへの恋心をぐっと抑え、こう口にした。

『僕にはディアナがいるんだ。婚約者を放って、こんなところで君と会っていたなんて……ほかの人に見られれば、何を言われるかわからない。悪いけど、僕はこれで失礼する』

リーゼの瞳が涙でほんのりと濡れる。

罪悪感に負けそうになったが、これ以上ここにいてはいけない。

ぐっとこらえ、僕は彼女に背を向ける。

『待ってください！』

しかしリーゼに呼び止められた。

『フリッツ様の言うことも重々わかります。ですが……フリッツ様のためにクッキーを作ってきたんです。クッキー、お好きですよね？　せめてこれを食べて、感想を教えてほしい』

『クッキー……』

リーゼの作ったクッキーの味が口の中で再現される。

ディアナを放ってはおけない、その固い意志は揺らいでしまった。

彼女から小袋を受け取り中を見ると、見慣れたクッキーが入っていた。

『ありがとう。せっかくだし、いただくよ』

これくらいいなら別にいいだろう。

そう考え、僕はクッキーを口の中に入れた。

なんの変哲もない味だ。

だが、おかしなくらいにおいしく感じる。

噛み締めるたびに、リーゼへの恋心が膨らんでいき、そして爆発した。

『どうですか？』

『うん、おいしいよ』

もうダメだ。

我慢できない。

外聞など頭から消え、今ここでリーゼを抱きしめたい。

まるで獣のように欲求が抑えられなくなった。

『やっぱり君の作ってくれたクッキーが一番だ。どうして、僕は君を放ってディアナのところへ行こうとしたんだろう？　このクッキーを食べて、自分の愚かさに気づいた』

自分が言ったことなのに、自分じゃないような、そんな不思議な感覚を抱きながら、そう口にしてしまう。

『ほんと!?　うれしいです！』

リーゼがうれしそうにパンッ！　と手を叩く。

そんな無邪気な動作が、このうえなく愛おしい。

『ふふふ……効いたみたいね。ちょっと焦ったけど、量を増やせば問題なかったみたい。あーあ、早くこんなものに頼らないで魔法を――』

彼女が小声で何かをつぶやいた。

『ん？　何か言ったかい？』

『なんでもないですよ。そんなくだらないことは気にしないで、わたしのことをどう思っているか言ってみてください』

なぜだかリーゼにそう言われると、彼女の命令に逆らうことができない。

『愛してる』

リーゼの両肩に手を置いた。

もう止まらなかった。

そのまま顔を接近させ、彼女と唇を合わせる。

彼女の唇は柔らかで、花のような香りがする。

こんなふうにしていると、思考が乱れ、彼女の存在だけが頭を支配した。

『あ……』

『ディ、ディアナ！　どうしてここに⁉』

――そして、その場面をディアナに目撃されてしまったということだ。

ディアナの顔を見て、ぐちゃぐちゃになった思考が嘘のように整う。

取り返しのつかない過ちに、後悔の念が浮かんだ。

『ま、待ってくれ！　ディアナ、話し合おう！　これには重大な誤解がある！』

だが、出てくるのは取り繕うための嘘。

僕が呼んでもディアナは振り返りすらせず、そのまま中庭から走り去ってしまった。


それからは怒涛《どとう》の日々だった。

あの一件以降ディアナは地味な格好をやめ、僕たちの関係は破綻にいたった。

婚約破棄が正式に決まっても、僕は「まだやり直せるかもしれない」と淡い期待を抱いていたが、ディアナがもう自分にこれっぽっちも興味がないことを徐々に察し、否応《いやおう》がなしに元に戻れないことを気づかされる。

自分の軽率な行動もディアナに窘《たしな》められ、そして気づく。もうやり直せない。

ならばと思い、リーゼにすがろうとする。

もう僕には彼女しかいない。

だが、ギリギリのところで理性がそれを拒否する。

リーゼと接していると幸せな気持ちになるが、同時に体を焼かれるような罪悪感にさいなまれた。

この罪悪感という名の業火は、すべてをめちゃくちゃにしてしまうほどの高温だ。

ゆえに僕はリーゼと距離を取ることにした。

初めは苦痛だった。

体と心が常にリーゼを求めていたのだ。

彼女と話さなければ、胸がずきずきと痛んだ。

彼女がほかの男と話していると、吐き気を催した。

けれども、僕は自制心を保った。

リーゼと話せないことの苦痛は、ディアナを傷つけてしまったという後悔より劣った。こんなことをしても、ディアナとはやり直せない。

それはわかっていたが、理屈ではないのだ。

――ただ自分はそうしなければならない。

そうしなければこの先、いろんな人を傷つけてしまうから。

胸の痛みが治ってきた頃、リーゼのほうから僕に接触してきた。

『フリッツ様、どうかされたんですか？　最近、わたしのことを無視しているように感じるんですが……わたし、何か悪いことをしましたか？』

浮気をしたのは自分の精神が未熟であったがゆえで、リーゼに責任を求めるつもりはなかった。

とはいえ、リーゼが白々しく『わたし、何か悪いことをしましたか？』と言うのには、さすがにイラついた。

ん……待てよ？

思えば、リーゼが目に余る行動をすることは多かった。

それなのにどうして今まで、僕は彼女にイラつかなかったんだろう？

不思議なことに、しばらくリーゼとの接触を断つことによって、冷静に自分を見つめ直すことができていた。

『そんなことないよ。ただ、ちょっと気分が向かないだけ』

正直、彼女とはもう話したくない。

彼女と話せば、また以前の自分に戻ってしまいそうだから。

だが、リーゼはそんなことに気づかず――もしくはわざと知らないふりをしているのか、さらに話し続ける。

『本当ですか？』

『本当だよ。君は悪くない。だけど……僕たちは距離を取るべきだと思うんだ。君も王家からいろいろ言われているだろ？』

それは事実だ。

リーゼ親衛隊のひとりであるマチアスが暴走し、処罰されたことは記憶に新しい。

あれ以来、彼女の行動にも大きく制限が設けられた。

婚約者でもない男に、こうやって無遠慮に話しかけることは、ギリギリな行為であることを彼女だってわかっているはず。

『お友達を心配することの、何が悪いんですか？』

『え？」

『お友達……か。君はそういうふうに考えていたんだね』

『なんでもない。僕はもう行くよ。悪いけど、僕にはかまわないでくれ』

逃げるようにその場を去ろうとするが、リーゼに腕を掴まれる。

『ま、待ってください！　あなたの考えはよくわかりました。ですが……やっぱりわたしには、友達を見捨てることはできません。せめてこれを受け取ってください。フリッツ様が大好きなクッキーですよ』

そう言って、リーゼは小袋を手渡す。

この中に入っているであろうクッキーを口にすれば、日々の不安が解消され、彼女への愛おしさで心が満たされるだろう。

しかし驚くべきことに、今まであれほど欲していたリーゼからの『愛』が、これっぽっちもなくなっていた。

彼女の行動を前にして、今まで寸前のところでこらえていたイライラが臨界点を超え、気づけば叫んでいた。

『かまわないでくれって言っただろ!?」

リーゼの手を払いのけてしまう。

その衝撃で、彼女が持っていた小袋は地面に落ち、中のクッキーがばら撒かれた。

『あっ、ごめん……』

咄嗟《とっさ》に謝る。

元はといえば自分が悪いのに、それを彼女にぶつけてしまうのは間違った行為だ。

リーゼは繊細な子だ。

親切心を払いのけるなんて、きっと悲しい顔をさせてしまうだろう。

リーゼの顔に視線を移したとき。

『え……?』

彼女の表情は、僕の想像していたものとは違っていた。

地面にばら撒かれたクッキーを見つめるリーゼの瞳は、すべての感情が消え去っているようだ。

こんな冷たい表情を見たことは、今まで一度もない。

『なーんだ、つまんない。もう少し、遊んであげようって思ったのに。でも、わたしを見てくれない男には興味がないわ。バイバイ。もう二度と、あんたと話すことはないでしょう』

戸惑っていると、リーゼは僕にそう吐き捨てる。

さらにリーゼは地面に落ちているクッキーをすべて拾い、その場から走り去ってしまった。

『ま、待ってくれ!』

嫌な予感がして呼び止めるが、リーゼの足は止まらない。

その場でぽつーんとひとりで立ちつくす。僕の目には先ほどのリーゼの無表情が焼きついていた。

『どうして、リーゼはあんな表情を……？』

思い出せ。

そこにヒントがある。

『そうだ……クッキー……』

僕はことあるごとに、リーゼから手作りのクッキーをもらっていた。

彼女からもらったクッキーを食べると、日々の不安がなくなった。クッキーをプレゼントしてくれるリーゼのことを、愛おしく想っていった。

そして自分の過ちにも気がつかず、いつしかディアナよりリーゼのことを優先するようになっていた。

思えば、明らかな異常行動であった。

『もしかして、あれは――』

僕はひとつの可能性に思い当たる。

しかし確証はない。

彼女は王家が大切にしている聖女候補だ。

証拠もないのに、不用意なことを言ってしまえば、罰せられるのは自分かもしれない。

それにたかが、一子爵令息。しかも婚約者をないがしろにし、婚約破棄された愚かな男の話を、誰もまともに受け取ってはくれないだろう。

せめて、ディアナにだけでもこのことを相談したいが、ますます実現が難しい気がする。

でも、どうにかして彼女を止めないと……

悶々《もんもん》と考える日々を過ごしていると、フィンロスク子爵家にある一通の手紙が届いた。

それは王城から出された、ディアナの婚約お披露目パーティーの招待状。

僕はこれを好機と捉え、そして何より彼女を祝福しけじめをつけるためにも、パーティーに出席することを決めた。

◇◆◇

「……ということなんだ」

フリッツから語られた話は興味深いものだった。

「それって……」

「ああ、そのクッキーに媚薬《びやく》が混入していた可能性が高いな」

私が言いたかったことを、アロイス様が先んじて口にする。

「アロイス殿下、僕も同意です。今思えば、僕のリーゼへの感情は異常でした。リーゼが最後、クッキーを渡そうとして僕はそれを払いのけましたが……あれにも媚薬《びやく》が入ってたんじゃないかと」

私が知っている限り、媚薬《びやく》は永遠に効くものではない。一度口にしても時間が経つにつれ、効力が薄くなる。

婚約お披露目パーティー中に媚薬《びやく》を口にした令嬢も――摂取量が少なかったとはいえ――時間を空けたら元に戻ったという。

リーゼとの関わりを遮断したフリッツは、徐々に媚薬《びやく》の依存が薄れていった。

そのことにリーゼは気づいたのだろう。

だからこそ、手作りクッキーを持参し、フリッツに近づいた。

しかし結果的にフリッツはリーゼの手を払い、クッキーを食べなかった。

そう考えたら、全部辻褄《つじつま》が合う。

「それでは何か？『僕は媚薬《びやく》を口にしていたから被害者なんだ。僕は悪くない』と被害者ぶるつもりか？」

若干、声に怒りを含ませてアロイス様が問う。

だけどフリッツは首を横に振る。

「……いいえ。不用意にリーゼのクッキーに口をつけてしまったのは、僕の判断ミスです。媚薬《びやく》のことは幼い頃から教えられてきたのに、そのことまで頭が回らなかった僕が悪いんです」

「当然だな」

「そして……ディアナへの想いがもっと強ければ、こんなことにはならなかったでしょう。所詮、僕のディアナへの愛はそれまでだったんです」

フリッツは悔しいのか、拳をぎゅっと握ってから、こう続ける。

「ディアナを本気で愛することができず、リーゼへの想いこそが本物だと思い込んだ。あんなのは愛でもなんでもないのに……です。それが僕の最大の過ちでした」

「……？　フリッツの言ってることはわかるけど、どうしてそういう話になるの？」

いくら私のことが好きでも、媚薬《びやく》を口にしてしまえばそれが揺らいでしまう。

だからこそ媚薬《びやく》は恐れられ、貴族たちはその存在を幼い頃から教育される。

フリッツの過ちは、リーゼのクッキーに依存してしまったことで、私を本気で愛するとか、精神論で解決できるとは思えないんだけど……？

「ディアナ、媚薬《びやく》にはこういう話があるんだ」

疑問に思っている私にアロイス様が気づき、説明をしてくれる。

「いわく――媚薬《びやく》を打ち破る、たったひとつの方法は『真実の愛』に目覚めること」

「……はい？」

「簡単にいうと、ほかに好きな人がいたら媚薬《びやく》を口にしてしまったとしても、効果が出ないと言われている。それも生半可な『好き』ではダメだ。相手に『真実の愛』を感じていないと意味がない」

『真実の愛』

初出は、世に流通しているベストセラー。

奇しくも学園のパーティーで、フリッツにほったらかしにされたときに考えていた言葉。

「その『真実の愛』とは具体的になんなのでしょうか？」

「……さあな。はっきりとした答えはない。だからこそ、これは媚薬《びやく》の完全な対策には現状なり得ていないんだ」

ただ――とアロイス様は続ける。

「俺は『真実の愛』というのは、各々《おのおの》が答えを見つけるものだと思う。他人に答えを求めている時点で、『真実の愛』には辿り着けないんじゃないかな」

私はそれが、まだなんなのかわからない。

相手のことを、四六時中考えていること？

自分の気持ちを相手に伝えること？

……それでも間違いではないと思うが、まだ足りないと思う。

今の私では『真実の愛』に対する答えを見つけられなかった。

「話を戻そう」

アロイス様はそう口にして、再びフリッツに視線を向ける。

「フリッツ、リーゼからクッキーを受け取った回数は覚えているか？」

「どうでしょう……一度や二度の話ではありません。回数は二桁は……いっているかと」

「それだけ摂取していれば、そう簡単に媚薬《びやく》の効果も切れないだろう。だが、今の君は完全に媚薬《びやく》が抜けているように思える。そうだな？」

「はい。リーゼのことは、これっぽっちも好きじゃなくなっているんで」

フリッツが断言する。

「きっとそれは『真実の愛』にいたらないまでも、君なりにディアナのことを想っていたからだろう。その想いの強さを、リーゼは見誤っていた……といったところか」

フリッツはあいかわらず悔しそうにしている。もしかしたら、もう少しで『真実の愛』の答えを見つけられたかもしれないと考えているのかしら。

私は問う。

「疑問があります。リーゼはどうやって媚薬《びやく》を入手していたんでしょうか？」

媚薬《びやく》は魔族にしか作れないと聞く。

そのためリーゼも魔族、もしくはそれとつながっている人物から媚薬《びやく》を手に入れる必要があるが、彼女にそんな真似《まね》はできるとは思えない。

マチアスみたいな資金力があれば、金にものを言わせて、媚薬《びやく》を買い漁《あさ》ることも可能だと思う。しかし聖女候補とはいえ、平民であるリーゼにそんなお金はない。複数回、フリッツに媚薬《びやく》を飲ませるなんて不可能。

そして話はフリッツだけではない。

「おそらく、リーゼが仕込んだ媚薬《びやく》の被害者はフリッツだけではないでしょう。彼女の親衛隊の方々も、同等の被害に遭っていた可能性が高い」

「今思えば、あのときのマチアスの様子も異常だった。リーゼを好きでいるだけでは、説明がつかない。ディアナの考えはおそらく当たっている」

ならば、さらに大量の媚薬《びやく》が必要になってくる。

それだけの量の媚薬《びやく》を購入するのは、爵位取り下げになる前のラヴェンロー伯爵でも無理な気がする。国家予算並みの資金力が必要だ。

「それだけ、媚薬《びやく》を抱えている貴族や商人もいるとは思えない……ということは」

「ああ、あくまでまだ可能性のひとつにすぎないが、リーゼが魔族から媚薬《びやく》を直接手に入れている、ということだな」

私が一を伝えるだけで、アロイス様は十の理解を示してくれた。

「どうして魔族がリーゼに媚薬《びやく》を流しているのか……。これ以上は考えても結論が出そうにないな」

アロイス様は立ち上がり、瞳に強い光を宿す。

「即刻、リーゼの身柄を確保しよう。彼女から、詳しく話を聞かなければいけない」

「それがいいと思います」

「僕も……です」

アロイス様の言葉に、私とフリッツが賛同する。

それにしても……とんでもないことになったわね。

リーゼはただ単に、男癖の悪い女なだけだと思っていた。私たちの推測が当たっていたら、彼女のバックには魔族がついているかもしれない。

だけど怖くない。

私ひとりだけではなく、アロイス様が味方になってくれるから。

彼となら、どんなことでも乗り越えられる。

そんな気がして、リーゼに立ち向かう勇気が出てきた。


それから、リーゼの身柄が拘束されるまで、私は王城で保護されることになった。

魔族とリーゼの思惑はわからないが、まだ私を殺そうとしている可能性は極めて高い。

前回は黒幕についてまったく予想できなかったから埒《らち》が明かないと思い、私は護衛をつけて普段通りの生活を送ったけれど、今回は違う。

リーゼが怪しいとわかっているのに、学園に通う必要はない。しかし。

「リーゼが見つからない?」

夜。私は王城の用意された部屋でくつろいでいると、コルネリアがやってきて、リーゼの現状について教えてくれた。

私は驚きで声を上げてしまう。

「ええ。もちろん、学園にも来ていないわ。親衛隊の人たちに聞き込みもしたけど、リーゼの居場所については知らないみたいだし……」

「なんてこと……」

「もちろん、騎士や警備兵の人たちが今もリーゼを捜索している。でも、王都内にあるリーゼの家に行っても、もぬけの殻だったみたいで手がかりすらないのよ」

コルネリアは頬に手を当て、困ったようにそう言った。

今、このタイミングで行方《ゆくえ》をくらましている……？

今回のことで、さすがに自分が疑われていると気づいたのだろうか。だから姿を隠した……と。

「不気味ね」

「うん。いっそのこと、このまま諦めてくれればいいんだけど……楽観視はいけないわ」

リーゼは何を考えているんだろう？

私が王城内で保護されている限り、手を出すのは難しい気がする。

ただでさえ、厳戒態勢を敷いているから。

リーゼの姿はみんなに知れ渡っているし、百歩譲って王城内に忍び込めたとしても、私まで辿り着けるとは思えない。

となっては、このままいってもジリ貧。

他国にでも逃げて、そのまま帰ってこないつもりかしら？

「どうしよう……リーゼが見つからない限り、私は学園に通っちゃいけないわよね？」

「そうね。あまりに危険すぎる。だからリーゼが諦めたという確信があるまで、お城からは出せないと思うけど……あなたはそれでいい？」

「それについては問題ないわ。みんなに気を使わせるのが、申し訳ないけどね」

「そんなこと、考えなくていいのよ。なんなら、お兄様はあなたがいつも近くにいてくれて、喜んでるくらいよ」

暗い空気を吹き飛ばそうとしているのか、コルネリアが明るい声を出す。

ここにいれば、ひとまずは安全……なはず。

しかし、やはり胸騒ぎがする。

リーゼがこの程度で諦めるとは思えないから。

「アロイス様と一度、お話しする必要があるわね」

そう言って、私は椅子から立ち上がる。

「アロイス様のところへ行きましょう」

「うん。お兄様なら、何か良い案を出してくれるかもしれないしね」

今までアロイス様を近くで見てきて、「彼ならなんとかしてくれる」という安心感がある。

理想の王子殿下と呼ばれるのは、だてではない。

だから私ひとりでうだうだ悩んでいるよりも、まずはアロイス様に相談してみるべき。

「何も起こらなかったらいいんだけど……」

先ほどから胸の不安がなかなか解消されない。

こういうときの私の勘って、良くも悪くも当たるのよね……

私は退室して、アロイス様のところへ向かった。

◇◆◇

俺――アロイスは執務室で、とある書類に目を通していた。

リーゼに関する報告書である。

「うむ、リーゼの行方《ゆくえ》は不明……か」

書かれていた内容は芳しくない。

リーゼのような小娘ひとりが、半永久的に身を隠すことなど可能だろうか？

王都は広い。だが、こちらはリーゼ捜索のためにかなりの人数を割いている。他国に亡命しようとしても、リーゼは『聖女候補』として顔が割れていて、平民の間でも有名だ。

そう簡単に亡命できるとは思えない。

聖女候補である彼女は、特別な魔力を宿していると言われている。

しかしその才能はまだ発芽していない。

ゆえにそれを使って逃げることも、現状では不可能だ。あるなら、さっさとやっているだろう。

「そもそも今回の一連の流れは、おかしなことばかりだ。まるで時間を稼いでいるかのよう」

仮にリーゼの目的が『ディアナ殺害』にあるとするなら、今までどうして自分で手を下そうとしなかった？

自分が手を汚すまでもない？

結果、失敗しているではないか。

自分ではディアナを殺せない？

精神的には強いが、ディアナはか弱い女性だ。ちょっとしたナイフでもあれば、リーゼでもディアナを殺すことはできる。

中途半端に魔族を雇うから、こちらが警戒して護衛を固めることになるのだ。

「いや……そもそもディアナを殺すべく魔族を差し向けたのは、ラヴェンロー伯爵子息だったな」

たとえば、魔族を雇ったのはマチアスではあったが、リーゼがそれを間接的に指示したというなら？

しかし以前の調査で、その可能性は否定されている。

とはいえ、それもリーゼが媚薬《びやく》を所持しているとわかっていない段階でのことだ。

「彼女は媚薬《びやく》を使い、自分の周りに男を囲った」

調査報告書には、リーゼに近しい人物――特に彼女の親衛隊のメンバー――に関することも記載されていた。

婚約お披露目パーティーのときのように、迅速に対応したならまた別だが、媚薬《びやく》が使用されたかどうかを見極めるのは至難の業だ。

だが、親衛隊のメンバーの何人かからは、媚薬《びやく》が使用された痕跡が見つかったと聞く。相当、多くの媚薬《びやく》を飲まされていたのだろう。

そして彼らは口を揃《そろ》えて、リーゼからクッキーをもらっていたと口にしていた。

やはり、そのクッキーに媚薬《びやく》が混入されていたのだ。

そしてリーゼへの恋心を爆発させた男たちが暴走。その中のひとりがマチアスだったのだろう。

「それにリーゼがディアナを殺そうとする理由がわからない。逆ならわかるがな」

もっとも、ディアナが婚約者を取られた恨みでリーゼを殺すことは、万が一にでもない。彼女はそういう人間ではないからだ。

となると、ますますリーゼの目的は掴めない。

しかしこれまでの推測をつなぎ合わせれば、一本の線が見えてくる。

「リーゼは時間を稼ぎ、ディアナを殺すための力――もしくは方法を見つけようとしていた。だが、これ以上の時間稼ぎは不毛と考え、王城を襲撃し自身の目的を達成しようとした……と」

現時点ではノイズが多すぎて、はっきりとした答えが出ない。

「……いかんな。考えが堂々巡りになっている。ほかの人間の意見も求めるべきか……」

そう思い立ちあがろうとすると、扉がノックされた。

「誰だ？」

「ディアナです。アロイス様にお話があります。入ってもいいですか？」

ディアナの声が扉の向こうから聞こえた。

一瞬警戒が解けそうになるが、それは早々だ。警戒心を崩さないまま、俺は扉越しにこう返事をする。

「わかった。入ってくれ」

「はい、失礼します」

扉が開き、部屋に彼女が入ってきた。

ルビーの輝きを持った赤髪。

少女の可憐《かれん》さと、大人の美しさを両立した容姿。

間違いない。

彼女の外見である。

「…………」

「……？　どうされたのですか、アロイス様。先ほどから黙っていますが」

首をかしげる彼女。

「近づきますね。もっと近くで、あなたの顔が見たい――」

「動くな」

一歩踏み出そうとする彼女を、俺は制止する。

「君はディアナじゃないな」

第七章　聖女候補の考え

ある日、わたし――リーゼのもとに魔族が現れた。

最初は怖かった。

しかし彼らの話をよくよく聞いてみると、どうやらわたしは魔族の子どもだとわかった。

『お前の母親は魔族だった。魔族でありながら人間と交わり、お前を産んだのだ』

魔族は偽装に長《た》けた種族でもある。

母親は狡猾《こうかつ》に人間社会に溶け込み、人間と恋をした。

そして生まれたのが自分。

知らない事実を聞かされ、すぐには実感が湧かなかった。

戸惑っているわたしに、魔族はさらにこう告げる。

『魔族と人間――ふたつの血が合わさったお前には、特別な魔力が宿っている』

『特別な魔力……？』

わたしは思わずつぶやく。

『そうだ。しかしそれはまだ眠ったままだ。お前は今から、我々魔族全員の娘だ。娘のために、その魔力が覚醒する手伝いをしよう』

『どうして、そんなことをやってくれるの』

わたしが問いかけると、魔族は顔に怒りをにじませてこう言った。

『我々魔族は長年、人間に後塵《こうじん》を拝してきた。人間は繁栄し、このような大都市も作り上げ、我々は影に甘んじることになった。魔族のほうが優れた種族であるのにだ！　こんなバカバカしいことがあってたまるか！』

さらに続ける。

『その状況を逆転させるためには、お前の魔力こそが鍵だ。お前に拒否権はない。親が子を選べないように、子も親を選べないのだ』

ニヤリと魔族は笑う。

本来なら恐怖に震え、人生に絶望するだろう。

でも。

『やったー！　わたしって、やっぱり特別な人間だったのね！』

この幸運、逃してたまるものですか！

——そう。

わたしは幼い頃から自分は特別だと思い、周りの人を見下してきた。

そんなわたしにとって、魔族の言ったことは恐れるどころか、望むところであった。

自分の特別な魔力の正体——

それは『媚薬《びやく》の効果を込めた魔法を使うことができる』というものであった。

魔族しか知らない媚薬《びやく》の作り方。それは人間に先んじる技術であったが、反面、それを摂取させるのが難しい。

凡人相手ならたやすいが、人間の国の中枢を担う者たちは、必然的に警戒心が強い。簡単に媚薬《びやく》を口にすることはなかった。

だが、魔法なら別。

相手がどれだけ警戒心を抱こうが、それを打ち崩すだけの耐魔の力がなければ、撥《は》ね返すことができない。

魔族たちはそれを『魅了魔法』と呼んだ。

「これがあれば、イケメンたちを囲って、わたしだけのハーレムを作ることができる！」

わたしは早くも、自分の人生が薔薇《ばら》色になることを確信した。

特別な魔力を宿しているわたしに、人間の魔法師たちも目をつけ、わたしを聖女候補として祭り上げた。

わたしは魔族と人間のハーフ。

いくら優秀な魔法師であろうとも、それは見抜けなかったようね。

自分の身分を隠しつつ、魅了魔法の才能が開花するように励んだ。

――まだ魅了魔法は使えない。

そんな中、わたしは貴族だけしか通えない学園に行くことになった。

魅了魔法の習得の練習に飽き始めていたわたしは、まずは手始めに学園中のイケメンを全員食べちゃおうと思った。

ハーレム人生の一歩目としては、おもしろそうだったから。

そのためにわたしは、魔族に我儘《わがまま》を言った。媚薬《びやく》を使わせてくれ。そうしないと、魅了魔法の特訓はもうやめちゃう、と。

この頃には魔族なんて、わたしの都合よく動いてくれる駒としか思っていなかった。

魔族たちは媚薬《びやく》を渡してくれた。娘であるわたしの機嫌を損ねたくなかったのだろう。

男を侍《はべ》らせる学園生活は、楽しかった。媚薬《びやく》を使えば、どんな男でもわたしにかしずいた。

しかし、たったひとりの男に恋してしまったため、歯車が狂う。

その男とはこの国の第一王子、アロイス様だ。

国の祭典でアロイス様を一目見て、瞬く間に恋に落ちた。

問題はアロイス様が、とある女に婚約を申し出たということだった。

そう――その女とは、ディアアナ・シュミット侯爵令嬢である。

わたしがアロイス様に、なかなか接触できないのをいいことに……あの女！

媚薬《びやく》は相手のことを想えば想うほど、効き目が弱くなることを知っていた。自分の愛する人を大切にし、ほかの女にうつつを抜かさなくなるのだ。

アロイス様はディアアナのことを溺愛しているらしい。

どうしてあんな女が好きなのかしら。

ほかの男から聞いたけど、アロイス様がディアアナとデートをしたとき、彼女を大切にエスコートしていたらしい。

このままではいけない。

アロイス様に媚薬《びやく》を飲ませるのも、不可能に近い。

時が経つにつれ、焦りが募っていった。

――まだ魅了魔法は使えない。

「そうよ……魅了魔法よ」

魅了魔法さえあれば、アロイス様を自分に振り向かせられる。

ならば魅了魔法を習得するまで――そして習得に失敗してもいいように、時間稼ぎが必要だと考えた。

やったことはふたつ。

ひとつは魔族に人間を攫《さら》わせ、魅了魔法の実験体にすること。

とはいえ、これは前々からやっていたことだ。やることは変わらない。

もうひとつは、ディアナを亡き者にすることだ。

ディアナがいなければ、アロイス様はまたしばらくほかの女にうつつを抜かさないだろうから。

しかしあまり自分が派手に動いてしまえば、魔族とのつながりを勘付かれてしまうかもしれない。

そこでわたしは自分を敬愛している、親衛隊を隠れ蓑《みの》に使うことにした。

裏からそれとなくディアナに対する不満をこぼせば、バカな彼らはわたしのために動いてくれた。

それからは散々だった。

マチアスが独断で魔族を雇い、ディアナを殺害しようとして失敗。

失敗だけならまだしも、その事件を通して、ディアナとアロイス様はさらに愛を深めたという。

――まだ魅了魔法は使えない。

焦ったわたしは一計を案じることにした。

それが婚約お披露目パーティーで起こった、王城襲撃事件。

魔族たちには反対されたが、自分を差し置いて、ディアナが幸せになるのは耐えられなかった。

お披露目パーティーを無茶苦茶にして、ディアナを亡き者にする、一石二鳥の作戦のはずだった。

なのに、これも失敗する。

さすがに今回は派手に動きすぎた。

わたしと魔族のつながりがバレてしまったかもしれない。

あとから考えると、あのときの自分は「このままではアロイス様をあの女に取られてしまう！」と冷静さを欠いていた。

恋に盲目になってしまい、わたしは判断を誤った。そのせいで窮地に追いやられる。

「なんで……？　なんであの女ひとり、簡単に殺すことができないのよ」

――まだ魅了魔法は使えない。

焦りが極限まで膨らみ胸が苦しくなる。

呼吸すらまともにできず、胸を押さえて倒れ込む。

「あああああああ！」

獣のような咆哮《ほうこう》が自分の口から飛び出した。

目の前が真っ暗になる。

次に意識が戻ったときには――今まで感じたことのない魔力が、内側で温かくなっていることに気づいた。

戸惑いながら、魔力を放出してみる。

やっぱり今までと違う。

もしかしたら……と思い、実験体として魔族が攫《さら》ってきた人間に魅了魔法を使ってみる。

すると、わたしの予想通りの結果となった。

「できたできた！　魅了魔法がようやく使えるようになったわ！　これでアロイス様をわたしのものにすることができる！」

歓喜の声を上げた。

奇しくも、ディアナを殺せず追いつめられることによって、魅了魔法が覚醒したのだ。

「窮地に立たされることが、魅了魔法習得の鍵だったのかもしれないわね」

さあ、アロイス様を迎えにいきましょう。


早速、行動を起こすことにしたわたしは魔族の手を借りて『ディアナの姿』となり、王城に忍び込む計画を立てた。

魔族は偽装に長《た》けた種族だ。この程度の真似《まね》はたやすい。

魅了魔法が覚醒したことにより、まずは手始めに国の大臣たちを籠絡する。そう言ったら、魔族は計画に乗ってくれた。

王城に入るまでは容易だった。

しかし途中、王城の騎士に呼び止められた。

「ディアナ様、このような時間にどうされたのですか？」

いくらディアナの姿を借りているとはいえ、ここは厳重態勢を敷く王城内だ。さすがにそこまで警備が甘くないかと考えつつ、冷静に対処する。

「アロイス様に用事があるんです」

「アロイス様に？　あなたひとりで？　オレールさんはどうしているんですか。王城内ですし、いつもみたいに姿を隠す必要はありませんよね。オレールさんがいれば……」

「うるさいわね。さっさと通しなさい」

そう言って、わたしは彼の瞳をまっすぐ見つめる。

すると騎士の彼はうつむき、顔を上げたときには目の焦点が合っていなかった。

「……すみませんでした。アロイス様とあなたの関係に、嫉妬してしまったようです」

「いいのよ。通してくれるわよね？」

「それがディアナ様の願いなら」

彼は廊下の隅に移動し、わたしのために道を空ける。

「ふふふ、魅了魔法は絶好調だわ」

魅了魔法は目線を合わせることが条件になる。

ゆくゆくは、そんな真似《まね》をしなくても発動できるのかもしれないが、それを待っている余裕はなかった。

「それに……もう我慢できない」

そして、とうとうアロイス様がいる執務室の前まで辿り着く。

「ディアナです。アロイス様にお話があります。入ってもいいですか？」

扉をノックして、そう声を発し中に入る。

たとえ目的を達成するためとはいえ、ディアナの名を騙《かた》ることは気分が悪い。

でも、もう少し。

もう少しで彼を手に入れられる。

アロイス様の美麗な顔を直視すると、胸が高鳴った。その顔もわたしのものになると考えると、体中に歓喜の快感が広がる。

「近づきますね。もっと近くで、あなたの顔が見たい――」

長きにわたった戦いも終止符が打たれる。

アロイス様が自分に惚《ほ》れてくれたら、ディアナはもう用済み。

とはいえ、彼女のおかげでわたしは魅了魔法に目覚めることができた。

恩赦を与えよう。

死刑にするより、稀代《きだい》の悪女として祭り上げ、彼女に生き地獄を味わわせるのはどうかしら？

ああ！　わたしはなんて、優しいのかしら！

輝かしい未来。

勝利を確信して、アロイス様に歩み寄り――

「君はディアアナじゃないな」

「え……？」

まさか彼の口から、そんな言葉が出てくるとは思っておらず、思わず足を止めてしまう。

「な、何を言うんですか。わたしはあなたの愛しの婚約者、ディアナですよ。わたしの顔を忘れたんですか？」

「愛しの婚約者？　それは間違いないが、彼女は自分からそんなことは言わない。それに――」

アロイス様はそう言いながら、近くに立てかけてあった剣を手に取る。

目線はわたしに合わせたままだった。

「婚前だというのに、軽々しく夜に男の部屋を訪れるほど、ディアナは愚かじゃない。もしそういった必要があっても、ほかの者を連れて来るだろう。それに……いつものディアナのしゃべり方と少し違うな？　気をつけているつもりだろうが、バレバレだ」

アロイス様が澱みない口調でそう言う。

しかしここで諦めるわけにはいかない。

「……アロイス様！　おかしくなってしまったのですね。無理はありません。最近はわたしのせいで忙しく、ストレスが溜まっていたでしょうから。その疲れもわたしが癒やして――」

「猿芝居をするのはやめろ。不愉快だ。それ以上近づいたら、たとえ外見はディアナだとしても、躊躇なく斬る」

アロイス様が殺気を滾らせる。

彼の本気の目を見て、これ以上は欺けないと悟ってしまった。ため息をつく。

まだ大丈夫だ。

まだ当初のプランから、ちょっと外れただけ。

もう少し、おちょくりたかったけど、さすがに無理みたい。

「ふふふ……よくわかりましたね。さすがはこの国の王子、アロイス様です」

微笑んで、魔族によって施された変身魔法を解く。

「あーあ、せっかく我慢してたのになあ。やっぱりわたしには、こっちの姿が楽です。ディアナのふりをするなんて、気持ち悪かった」

「どうして、ここに来た？」

わたしの言葉を無視して、アロイス様はそう問いかける。

「どうして？　決まっているじゃないですか。王子様を迎えにきたんですよ」

「迎えに？」

不可解そうな表情を浮かべるアロイス様。

「アロイス様。あんな婚約者より、わたしのほうがいいと思いませんか？」

「思わん。俺はディアナを愛している」

「それはきっと嘘。あなたは彼女への愛に疑問を抱いている。さあ、わたしの目を見て」

まるで絡まった糸を解くかのように、わたしは彼に語りかけ歩みを進める。

アロイス様はわたしの接近を、拒めないでいる様子だった。

魅了魔法が効いていると、わたしは確信する。

「聞きましたよ。あなたは昔、ディアナに助けてもらったらしいですね？　それで彼女に惚《ほ》れた」

「よく調べたな。まあ別に隠していたわけでもないが……お前の言っていることに、間違いはない」

「じゃあ、こうも思わないんですか？　ディアナへの恋心は勘違いだった。幼い頃に抱いた思いを大切にしようとするばかり、本質を見誤っている」

「意味がわからん。結論をさっさと言え」

「そんなものは『真実の愛』じゃない」

ああ、もう少しね。

もう少しで、アロイス様をわたしのものに……

「あなたはディアナのことなんて好きじゃない。ディアナを好きになろうとしただけ。努力して人を好きになるなんて、そんなものは『真実の愛』じゃない」

そう言って、わたしはアロイス様の目の前まで辿り着いた。

今のアロイス様は、いわば『恋に憧れている』状態なの……

幼い頃に一度出会った少女に恋をする。

それは、とてもロマンティック。

それに身を委ねてみたくなるほどに。

「アロイス様、もっとわたしの目を見て。わたしに夢中になって」

ゆえにアロイス様はディアナを好きになろうとした。

そのほうがロマンティックだから。

それが『真実の愛』なのだから。

——そう、自分に言い聞かせて。

「ディアナを捨てて、わたしにかしずきなさい」

私はそう語りかけて、アロイス様の頬に手をかける。

正体を見破られても、わたしが焦らない理由。

それは結局同じエンディングにいたるから。

魅了魔法があれば、どんな男でもわたしのものにすることができる。

「わたしなら、あなたをもっと満足させられる。あなたに新しい世界を見せてあげられる」

「…………」

アロイス様は沈黙したまま。

わたしはアロイス様の瞳の奥を見つめ続ける。

ディアナも哀れね。好きな男を、二度もわたしに寝取られるなんて。

気づけば、口角が吊り上がっていた。

「さあ、言いなさい。あなたが愛しているのは誰？」

最後の仕上げ。

次のひと言を口にしてしまえば、アロイス様はわたしの魅惑に囚《とら》われる。

どんな手段を使ってでも、わたしをこの手にしようとがむしゃらになるだろう。

アロイス様の口がゆっくりと開き——

「俺が愛しているのはディアナだ。俺の彼女への愛を舐《な》めるな」

「え……？」

結末《エンディング》はわたしの予想していたものとは違っていた。

戸惑いの感情が生まれた次の瞬間。

「アロイス様！」

執務室の扉が開け放たれ、部屋に三人の人間が入ってくる。

先頭にはディアナの姿があった。

第八章　愛には愛で応えましょう

――時は少し遡《さかのぼ》る。

いくらアロイス様の婚約者である私でも、こんな夜遅い時間に、ひとりで彼の部屋へ向かうのは好ましくない。

ただでさえ、保護されている立場だからね。王城内だから安心……と油断するわけにはいかない。

ゆえにコルネリア、そしてオレールさんの三人で、アロイス様の執務室に向かった。

しかし途中でトラブル発生。

「ディアナ様……？　あれ、アロイス様のところへ向かわれたのでは？　戻ってこられたんですか？　それにさっきはひとりだったのに……？」

王城内を警護していた騎士の男に止められた。

「どういうことだ？」

様子のおかしい彼に気づき、すかさずオレールさんが前に出る。

「ついさっき、ディアナ様がここを通っていったんです。急いでいる様子でしたし、愛するディアナ様の言っていることなので通しましたが……」

「何!?　不用意に通したのか！　何をやっている！　それに、愛するディアナ様とは……？　ディアナ様はアロイス様の婚約者だとわかって、そんな不敬なことを言っているのか？」

「もちろんです。ですが、まだ結婚したわけではないでしょう？　だからここでディアナ様の評価を稼ぎ、ゆくゆくは彼女とお付き合いできれば……と」

騎士の言ったことに、オレールさんが顔に怒りを含ませる。

今にも殴りかかりそうな雰囲気だったけれど、そんな彼を「待って」と私は手で制した。

「先ほどから言っていることが支離滅裂です。目の焦点も合っていません」

「たしかに……」

「もしかして、媚薬《びやく》を飲まされたんじゃ？」

コルネリアがそう指摘する。

「そ、そんな」

バカな、と続けることはできない。

フリッツの不貞から始まった、今回の事件。ほとんど媚薬《びやく》が関わっていた。

私に変装した者がいて、彼に媚薬《びやく》を飲ませた……ってこと？

だが、いくら私の偽物だからといって、そう簡単に城の騎士が媚薬《びやく》を口にするのだろうか。

「で、でも、さっきのディアナ様は……？　今も目の前にいらっしゃいますが……、一体どっちが本物のディアナ様？」

騎士の男は見る見るうちに混乱し出した。

「とにかく、ディアナ様。私とともにいましょう。私の愛を、受け取ってください」

そう言って、騎士の男は私に手を伸ばす。

「ひっ……」

まるで死者が生者を求めるかのような動きに、思わず小さく悲鳴を漏らしてしまう。

「無礼者！」

しかしその手が触れるより早く、オレールさんが彼を押し倒した。

「ディアナ様、ここで時間を食っている場合じゃありません。急いでアロイス様のところへ向かいましょう。嫌な予感がします」

「はい」

駆け足で尻餅をついた騎士の隣を通り過ぎようとすると、彼はまだ私を求めていた。

「ディアナ様……私を捨てるのですか？　私はあなたがいなければ、生きていけない。ああ……どうして、私の愛に応えてくれないんだ」

彼の悲観した表情を見て、ぞっとする。

王城の騎士は誰もが整然としており、任務に忠実だったのに、今の彼は正気を失い、ただ愛を求めるだけの獣に成り下がっているように見える。

まだ媚薬《びやく》を飲んだというのは確定していないが、それを摂取するというのは、こういう意味なの……？

一方的で盲目的な愛を前にして、鳥肌が立った。

「ディアナ、早く行くわよ」

「え、ええ」

騎士の男から目を逸らせないでいる私を、コルネリアが呼ぶ。その声でハッと我に返り、私は前を向き直して、アロイス様のもとへ急いだ。

そして執務室に辿り着くと、そこでアロイス様とリーゼが対峙《たいじ》していたのだった。

「気をつけろ。そいつの目を見るな。これは推測だが、そいつの目には魔眼のような作用がある」

アロイス様がリーゼから目を逸らさず、そう口にする。

——魔眼。

相手の目を見るだけで、魔法が発動してしまう恐ろしい目。

そんなものはおとぎ話の中だけで、存在しないと思っていたけど……？

アロイス様の言うことだ。

何か根拠があるのだろう。

「なんで邪魔が入るのよ！」

疑問が渦巻いている中、リーゼは私たちに顔を向ける。その顔には焦りの色が浮かんでいた。

「アロイス様もわたしのものにならないし！　どうして⁉　魅了魔法は完成したはずなのに！　どうして、アロイス様には効かないの⁉」

「魅了魔法……なるほどね。魔法のような薬、媚薬《びやく》があるってことは、それと同じ効力がある魔法が存在する可能性が以前から示唆されてたけど……それなら、いろいろと辻褄《つじつま》が合うわね」

リーゼの言葉を聞き、コルネリアは何かを察したようにつぶやく。

「ディアナ様、コルネリア様。下がっておいてください。彼女はひどく錯乱しています。何をしてくるかわかりません」

オレールさんが一歩前に出る。

彼の背中が大きく見える。だけど、今彼がどんな顔をしているのかわからなかった。

「オレール！」

「はい！」

アロイス様が一声発すると、オレールさんは自分のやるべきことを理解したように見える。オレールさんが地面を蹴るのと同時、アロイス様は剣でリーゼに斬りかかった。

「触らないで！」

リーゼはアロイス様の剣から逃げるが、前からやってきたオレールさんに対応できない。

この至近距離で、アロイス様が狙いを外すとは思えない。彼女から話を聞き出すために、わざと手加減したのか。

リーゼは為《な》す術《すべ》なし。

あっという間にオレールさんによって、リーゼは床に組み伏せられてしまった。

「オレール、さすがだな」

「そういうアロイス様もお見事です」

アロイス様とオレールさんは顔を見合わせて、ニヤリと笑う。

そこで私はオレールさんが今、どんな顔をしているかわかる。

「目をつむってる……」

まさか魔眼と魅了魔法に対応するために、目を固く閉じたまま、リーゼを取り押さえたの？

もしそうだとしたら、驚嘆のひと言。

逆に言ったら、手加減したアロイス様と、ハンデを背負ったオレールさん相手に、リーゼは何もできなかったということ。

最初から相手にならなかったのだ。

「目をふさげ。そいつは俺の目を見ることに、こだわっていた。目をふさげば取りあえずは安全だろう」

「あっ、これを……」

私は胸元からハンカチを取り出し、それをアロイス様へ投げる。

アロイス様は「助かる」と言って、ハンカチをキャッチする。手際よく、ハンカチでリーゼの目を覆った。

「全部、あんたのせいだ……」

リーゼの声は憎悪に塗《まみ》れていた。

「ディアナがいなかったら、全部うまくいってた。あんたのせいで、わたしの生活も大きく制限されてしまったの。あんたがいなかったら、わたしは今頃ハーレムを形成していたし、アロイス様もわたしのものにできたのよ」

ハーレムを形成し、アロイス様を自分のものにする……？

そんな自分本位の目的のために、今までの事件を引き起こしたっていうの……？

彼女の物言いに、憤りを感じた。

彼女に籠絡された者たちの姿を思い出すと、不憫《ふびん》で仕方がない。

「身勝手なことを言わないで。ディアナは何もしていない。ただ、自分の身を守っていただけよ」

私が怒りで言葉を失っていると、コルネリアが一歩前に出て、リーゼを見下ろす。

いつも優しい彼女にしては珍しく、本気で怒っている。

「聖女候補なんて笑わせるわ。あなたは幾多もの人間の人生を壊してきた。あなたはこれから、罪人として裁かれるでしょう。牢屋《ろうや》の中で反省しなさい」

「ち、ちくしょおおおおおお！」

リーゼの嘆きの叫びは城内、いや、王都中に響き渡りそうだった。

しばらくして、城内にいた騎士たちが執務室に雪崩《なだ》れ込んでくる。

騎士たちは全員で、リーゼを拘束した。

「嫌よ嫌よ嫌よ！　なんでわたしがこんな目に遭わないといけないの⁉　離して！　わたしは選ばれた人間なのよ⁉」

みっともなく、リーゼが騒ぎ続ける。

「選ばれた人間……？」

とうとう我慢しきれなくなって、私は一歩前に踏みだす。

「ふざけないで。あなたのせいで、何人もの人間の人生がおかしくなったのよ。仮にあなたが選ばれた人間だとしても、その義務を果たさず、自分の欲望のままに行動した。そんなあなたに、我儘《わがまま》を言う権利なんてないわ！」

「うるさいうるさい！」

「牢屋《ろうや》の中で、悔い改めなさい！　もっとも、反省したとしても、もう二度と牢屋《ろうや》からは出られないでしょうけれどね」

きっぱりと言い放つと、リーゼは悔しそうに歯を食いしばった。

「おとなしくしろ！」

「たかが騎士ごときが、わたしに触るな！　わたしに触っていいのは、アロイス様だけ！　アロイス様！　助けて！」

リーゼは拘束されながらも、アロイス様に手を伸ばす。

しかしその手を、アロイス様が取ることはなかった。


リーゼが連行されると、ようやく騒がしかった執務室が静けさを取り戻す。

その場には私とアロイス様、コルネリア。そして扉の前では、オレールさんが警戒を崩さず、私たちを黙って見守っていた。

「……終わったな」

アロイス様がひと息吐く。

「すみません、先ほどはリーゼを前に、感情をあらわにしてしまいました。私が何を言っても、あの子は反省しません。お見苦しい場面を見せるくらいなら、私は黙っておくべきでした」

「何を謝る必要がある？　先ほどはカッコよかったぞ。俺もすっきりした」

アロイス様は私を気遣うように、笑う。

「それなら、よかったです。アロイス様も先ほどの戦い、その勇姿に私も心打たれました。お怪我《けが》はありませんか？」

「怪我《けが》？　俺があんな女ひとりに、後《おく》れを取るはずがないだろう」

胸を張って、彼はそう言った。

「リーゼは捕らえられましたが、疑問はたくさんあります。彼女がやっぱり、すべての黒幕だったのでしょうか。彼女の特別な魔力というのは、魅了魔法だったとしたら、どうして彼女がそれを使えたのでしょうか」

そして――と私は続ける。

「アロイス様、あなたはリーゼと目を合わせていましたよね？　リーゼはあなたに魅了魔法を使おうとしなかったんですか？」

「それはやつに聞かなければわからないが、あの言葉を思い出すに、使ってはいたんだろうな」

リーゼは、『どうして、アロイス様には効かないの!?』と叫び、不可解そうだった。あの様子だと魅了魔法を使ってみたものの、なぜかアロイス様には発動しなかった……と。

「では、どうしてあなたに魅了魔法が効かなかったのですか？」

ここに来る途中、私たちを制止してきた騎士の姿を思い出すと、そう簡単に抗《あらが》えるものとは思えない。

だからこそ……どうしてアロイス様が平気な顔で立っているのか、わからなかった。

「まず、魅了魔法は媚薬《びやく》と同じ効果があると仮定する。ならば、ディアナ。媚薬《びやく》に抗《あらが》える、たったひとつの方法を覚えているか？」

「えーっと……」

媚薬《びやく》を打ち破る、たったひとつの方法は『真実の愛』に目覚めること。

フリッツの病室で、アロイス様が語ってくれた言葉を思い出す。

「アロイス様には、私という婚約者がいたから魅了魔法が効かなかった……ということですか？でも、それだけの理由で――」

「ディアナ、わからないの？」

少しおかしそうに、コルネリアがこう続ける。

「お兄様はそれほど、あなたのことが好きだってことよ」

「言葉で言うのは簡単ですが、媚薬《びやく》に打ち勝つためには、愛する人への強い想いが必要です。だからこそ、ただの『愛』ではなく『真実の愛』と形容されるのでしょう」

オレールさんも、コルネリアの言ったことを補足する。

「確信していたよ」

アロイス様が私の腰に手を回す。

「俺はディアナのことが世界で一番好きだ。この俺の想いがあれば、媚薬《びやく》も魅了魔法も効かない……と」

世界で一番好き。

ここまでまっすぐ言われると、体が固まってしまう。

それはきっと、今彼から一番聞きたかった言葉だから。

「じ、自信があるのはいいことですが、ギャンブルすぎませんか⁉」

「何を言う。君に心配されると思って言わなかったが、ひそかに試していたんだ」

「え？」

聞き返すと、アロイス様は愉快そうに口を動かす。

「王族というのは、その立場上、毒を盛られる可能性が高い。無論、毒を口にしなければ事足りるが……不測の事態はいつでも起こり得る。ゆえに王族は幼い頃から少量の毒を摂取し、それへの耐性を付けるんだ」

「聞いたことがあります。コルネリアもそうなんですか？」

「私はお兄様ほどじゃないけどね」

「だから……今回の事件を受けて、媚薬《びやく》でも試してみた。しかし一度も俺に媚薬《びやく》は効かなかった。なんの裏付けもなしに、自信だけが先行したわけではないよ」

そう言って、アロイス様がいたずらっぽく笑う。

「ディアナ、こんなときだが、いや、だからこそ……か。あらためて言わせてくれ」

アロイス様はぐいっと私に顔を寄せる。

「俺は君を愛している。魅了魔法が効かなかったとき、俺は安心したよ。この想いは本物なのだと」

「…………」

感極まって、すぐに返事をすることができない。

彼は私なんかには、もったいない人。

自信をなくして、彼が私から離れていってしまうんじゃないかと疑ってしまったときがあった。

実際、いまだに恋人らしいことも、ほとんどできていない。

だけど……今日確信した。

きっと、これが『真実の愛』なのだろう。

どうして、媚薬《びやく》に対する有効手段が『真実の愛』だけなのに、それがなんなのか誰も具体的に答えられないことがずっと疑問だった。

人によって違う、という答えも間違いではないとは思うけれど、私の考えは少しだけ違う。

言葉では言い表すことができないのだ。

それを――アロイス様は態度や行動で示してくれた。

アロイス様は私を愛してくれている。

だから私も――

「私もアロイス様を愛しています」

コルネリアとオレールさんの視線も忘れ、彼の胸に顔を埋《うず》めた。

アロイス様の大きな愛。

私も、それ以上の愛で応えようと思う。


その後の話。

リーゼは捕らえられ、取り調べを受けることになった。

そこでわかった衝撃的な事実がいくつかある。

まず、信じられないような話だが、リーゼは魔族と人間の間に生まれた子どもだった。

彼女が魅了魔法を使えることは、それに起因するものらしい。

なかなかその才能は開花しなかったみたいだけれど、いずれ使えるようになると見込んで、魔族が接触してきたということだった。

人間が魔族に攫《さら》われる事件が立て続けに起こっていたのは、どうやら魅了魔法の実験体が必要だったらしい。

リーゼの証言によって、攫《さら》われた人間の何人かは救出されたが、彼女はすべてがわかっているわけではなかったようで、今でも懸命な捜索が続けられていると聞いた。

ちなみに……王城内で彼女の魅了魔法にかかった騎士だったが、まだ初期段階ということで時間が経てば、魔法の効力が切れたらしい。

彼は自分の不甲斐《ふがい》なさを責めていたが、魅了魔法なんてものは初めてなのだ。対処のしようがない。仕方がないと思う。

当初、リーゼのことは民衆に隠そうとしていたが、被害者の多さからほぼ不可能だと判断し、今回の顛末《てんまつ》は大々的に公開されることになった。

いずれリーゼは処刑されることになるというのも。

国は荒れた。王家の支持率もガクンと下がったという。

そのせいで、私とアロイス様の結婚はしばらくお預けとなる。

『俺としては、すぐにでも君と式を挙げたいんだがな。しかし今の混乱している情勢では、結婚式は挙げられない。君に対する反感の声も多くなるだろう。せめて、君が学園を卒業するまで……待ってくれるか？』

苦渋の決断だったのだろう。アロイス様の表情は辛そうだった。

『はい。今は国を安定させるほうが先でしょう。それに……私はアロイス様と一緒になることを決めました。なんなら、十年でも二十年でも、死ぬまで、あなたを愛し続けます。心配しないでください』

ちょっと重すぎるかな？

言ってから不安になったが、アロイス様は微笑みを浮かべる。

『ありがとう。それは俺も同じだ。俺はディアナを愛している。何年かかろうとも、絶対に結婚しよう』

そう答えてくれた。

アロイス様はこれから忙しくなるみたいだけど、式が延期になったおかげで、私は幾分かの時間ができた。

やりたいことがたくさんあり、まずは学園での勉強にさらに打ち込むことにした。

念願だった学年一位の座も、在学中に何度か射止めた。

誇らしかったけど、アロイス様はこれを卒業するまで守り続けていたのだ。慢心するつもりはない。

だが、ちょっとでもアロイス様にふさわしい女性になるために頑張ってきた結果が出て、素直に喜んだ。

さらに最高学年である三年生になったとき、私は生徒会に入ることにした。

入学した頃は、私より適任がいると思っていたから生徒会に入るつもりなんてなかった。

それなのに生徒会に入ると決めたのは、アロイス様の存在があったから。彼も学園に在籍中、生徒会長として皆を引っ張っていた。

ならばいずれ王妃となる私も、彼と同じ道を歩みたいと思った。

……とはいえ、さすがに生徒会長になるのは荷が重すぎる。

そこで親友のコルネリアを生徒会長に……と推した。

『えー？　私が生徒会長？　もっと適任がいるんじゃないかしら？』

コルネリアにそれを提案したとき、当初彼女は乗り気ではなかった。

『何を言ってるのよ。あなた以上の適任はないわ』

『うーん……ディアナも生徒会に入るっていうなら、私も一緒に入りたいけど……そもそも生徒会選挙で受かるかしら。選挙に受からなかったら、いくらなりたくてもなれないし』

『それは心配いらないわ。絶対に受かるから』

『絶対に……なんて、ディアナにしては大きく出たわね。そこまで言うならわかったわ。当選しなかったら、責任取ってよね？』

冗談めかして、コルネリアが言う。

生徒会選挙が始まり、波乱万丈……と言いたいところだが、特に問題らしい問題もなく、見事コルネリアは生徒会長に当選。

彼女が人気すぎて、正直敵なしだった。

圧倒的支持でコルネリアは生徒会長となった。

まあ、最初からわかっていた結果だったけどね。

私は書記として、生徒会長コルネリアを支えることになった。

最初は慣れない仕事に戸惑ったけど、みんなの支えがあって、なんとか生徒会の任期を全うできた。

終わったときは、名残《なご》惜《り》しいやらほっとしたやらで、思わず涙を流しちゃったわね。コルネリアに泣き顔を笑われたのは、少し納得してないけど。

学園でやりたいこともすべてやり終え、晴れて卒業式を迎えた。

……あっ、そうそう。

婚約お披露目パーティーのとき魔族に殺されかけたフリッツだったけれど、その傷は完全に癒え、程なくして学園に通い始めた。

それからの彼は今までのことが嘘だったかのように、すっきりした顔をしていた。

『憑き物が取れたような気持ちだ。なんならあのとき、僕を殺そうとした魔族に感謝してるくらいだよ』

苦笑していたフリッツの姿は今でも思い出せる。

三年生になるときには、フリッツにも別の婚約者ができた。お相手は男爵家の令嬢で、あまり目立たない子だったが、可愛いし性格も穏やかだと聞いている。

『お互い、幸せになりましょう』

『うん』

そう言葉を交わしたフリッツの声音は、学園に入学する前の彼と一緒だった。

さあ、今度は私が幸せになる番。

私も学園を卒業して。

リーゼのことがみんなの記憶から薄れ始めた頃、私とアロイス様の結婚式が執り行われることになった。

エピローグ

結婚式当日。

王城は式場として外から見てもまるで絵画のように美しく彩られていた。

城壁の上には色とりどりの花々が優雅に咲き乱れ、広がる青空がその白さをより一層際立たせている。

窓から差し込む春の木漏れ日が穏やかに広場を照らす。それぞれの光の粒はダンスに興じているかのようだった。

式場には人々があふれ、笑顔と歓声が場を満たしていた。

みんなが私とアロイス様の結婚式を祝福してくれる。なのに……

「アロイス様がいない!?」

オレールさんからの報告を聞き、私は慌てる。

トラブル発生!

「はい」

しかし一方のオレールさんは冷静だ。

「果たして、どこに行ってしまわれたのやら……騎士総動員で捜しても、アロイス様が見つかりません」

「本当？」

「ホントデスヨ」

……オレールさん、演技が下手ね。

そもそも、結婚式でアロイス様がいなくなるなんて、いくらなんでもありえない事態。

オレールさん、何か知っているわね。

「わかりました。あなたの考えに乗ってあげましょう」

「カンガエ？」

「その下手な演技はやめてください！」

つい声を荒らげてしまう。

私は式場をあとにし、アロイス様を捜し始めた。

◇◆◇

俺――アロイスは昔から、何をやってもうまくいかない男だった。

第一王子として生まれた俺は、次期国王としての期待を寄せられ、幼い頃から教養から武芸まで多岐にわたる教育を叩き込まれた。

しかしダメ。

どれだけ頑張っても、人が期待するほどの結果を残すことができなかったのだ。

『第一王子は出来が悪い』

『いっそのこと、次男の第二王子に王位を継がせれば？』

『コルネリア王女の可能性もあるぞ』

『だが、コルネリア王女は側妃の子どもだし……』

――勝手に期待するのはやめてくれ！

周りは好き勝手に、俺のことを悪く言っていた。仮に聞かれたとしても、幼い俺では意味がわからないだろうと思っていたんだろう。

だが、雑音は耳に入り、俺の心を少しずつ蝕《むしば》んでいった。

頑張っていなくて結果が出せないなら、まだ伸びしろがある。

しかし俺の場合は努力して、これなのだ。

救いようがない。

もうすべてを投げ出したくなった。

臣下の失望の声も、陛下の怒鳴り声も聞きたくなかった。

そして十一歳の頃、王城でパーティーが開かれることになった。

表向きの理由は国中の貴族子息を集め、顔合わせをすることだ。

だが、そこにはもうひとつの理由があった。

それは俺の婚約者候補を捜すためである。

いくら出来が悪くても、次の王位を継ぐ可能性が一番高いのが俺であることは揺るがない事実だ。

そんな俺は幼くして、後継を産むために婚約者の存在が待望された。

俺の一挙一動に皆、注目している。

少しでも好ましくない行動を取ってしまえば、『第一王子はこんなものなのか』と侮られるだろう。

押さえつけられ押さえつけられ……俺は逃げ出した。

こんなところにいられるか。

どうせ、またミスをしたら、蔑《さげす》まれたり怒られたりするんだろう？

次期国王になんてなりたくない。

俺がなるより、三歳下のコルネリアのほうがしっかりしている。ほかの弟や妹だって、俺なんかよりうまくやれる。

俺はひとり、王城の中庭にいた。

誰にも声をかけられたくないから。

誰にも見られたくないから。

そうして中庭の片隅でうずくまっていると、ひとりの女の子が声をかけてきた。

『どうしたの？』

それが運命が変わる出来事であったことを、俺はまだ知らなかった。

人から言わせると、『あのパーティー以降、アロイス様は人が変わったよう』ということらしい。

期待する結果も徐々に出てきて、みんなが俺のことを認めるようになったのだ。

『ようやく才能が開花したんだ』と喜んでくれたが、実際のところ、俺は今まで以上に努力したまでのことだ。

今まで一時間かけていたものを二時間。

二時間でダメなら三時間、四時間と。

結果が出るまで頑張った。

今思うと、少し効率が悪かったと思う。

しかし当時の俺は、そういうやり方しかできなかった。

それもこれも、パーティーであの少女――ディアナに出会ったからだ。

俺を照らす太陽のような存在。

彼女のような人間になりたい。

そして……願わくば、彼女に人生の伴侶となってほしい。

だが、今の俺では彼女にふさわしくない。

せめて彼女の隣に立っても、恥ずかしくない男になろう。

どれだけ辛いことがあっても、彼女のことを考えると頑張れる気がした。

そのおかげで学園に入学しても優秀な成績を収め、生徒会長としても数々の功績を残した。卒業したときは、ひとりでひそかに祝杯をあげたものだ。

これなら、ディアナを迎えにいける。

そう思い、婚約を申し出ようとしたが……彼女にはすでに婚約者がいた。

俺がディアナにふさわしい人間になるまで、彼女との接触を避け、無闇に探らないことにしていたが……それが仇《あだ》となってしまったのだ。

いつの間にか、俺の心にどす黒い感情が生まれた。

――ディアナを彼女の婚約者から奪うことはできないか。

愚かな考えだ。

そんなことをしても、俺も彼女も幸せになれないだろう。

必死に邪念を振り払おうとしたが、いつも考えるのは『ディアナを抱きしめたい』という感情。

そんなバカなことを考える自分に嫌気がさした。さらに落ち込む。誰とも顔を合わせたくなく、しばらくひとりでふさぎ込んでいた。

時が経ち、なんとかどす黒い感情を最低限にとどめることができるようになっていたが、ディアナと一緒になりたいという考えは完全になくならない。

俺は耐え難い辛さを感じながらも、自分の感情に蓋《ふた》をして、気づかないふりをした。

『お兄様の好きな人、婚約を破棄するつもりらしいですわ』

ある日、コルネリアがそう言ってきた。

コルネリアにはちゃんと話したことがなかったと思うが……勘の鋭い彼女は、俺の想い人がディアナであることを看破していたようだ。

本来なら、正式に婚約破棄が成立してから声をかけるべきだろう。

しかし、ほかの男にディアナを取られてしまっては今度こそ立ち直れないと、フライング気味にディアナに婚約の申し出をした。

しばらくして、ディアナとフリッツの婚約破棄が、無事に成立したと聞いた。

タイミングを見計らい、俺は彼女をデートに誘った。

デートのプランを、ああでもないこうでもないと練った。

少しでもカッコ悪いところを、ディアナに見せたくなかった。

内心焦りながらあれほど頭を回転させたのは、過去になかったかもしれない。

そして夜景が見える高級レストラン。

彼女との会話は楽しかった。それゆえに、彼女に嫌われたくないという恐怖が常に俺の心を支配していた。

そしてその恐怖が臨界点を超えたとき。

手の震えが止まらなくなって、フォークを床に落としてしまった。

『いかん、いかん。俺としたことが』

しまった！　カッコ悪いところを見せてしまった！

……とその日一番の焦りを感じたが、それを表に出すわけにもいかない。軽薄な笑みを浮かべて、焦りをごまかしてみたが、彼女には伝わっていないだろうか？

『アロイス様もそういうところがあるんですね』

『はっはっは、カッコ悪いところを見せてしまったな』

『いえいえ、アロイス様にも可愛いところがあると思いまして』

よかった。俺の焦りは、どうやらディアナに伝わらなかったようだ。

ふう……成長して、少しは余裕を持てるようになると思ったが、俺もまだまだのようだ。

言うなれば、『いつも自信満々の第一王子』というのは仮面だった。

常に何かにおびえている、臆病な自分という真の姿を隠すための仮面。

ディアナに好かれるためなら、俺は生涯この仮面をつけ続けるんだろう。


それからはいろいろあった。

ラヴェンロー伯爵家のマチアスのせいで、ディアナが魔族に狙われた。婚約お披露目パーティーでも、魔族が襲撃をかけてきた。

すべての黒幕は聖女候補のリーゼだった。彼女は俺に魅了魔法をかけようとした。

そのすべてを乗り越え、ディアナと婚約し、こうして結婚式の日を迎えることができた。

最近では臆病な自分はなりを潜め、本当の意味で自信が持てるようになっていた。

しかしなんと、よりにもよって結婚式当日に例の発作がきた。

震えが止まらなくなったのだ。

人とうまく会話をすることすらできず、俺は十二年ぶりに中庭へ逃げた。

手の震えは止まらない。

なんということだ。

やはり俺は、昔から変わっていなかったのだ。

こんな惨めな姿は、ディアナには見せられない。

——どうしよう。

人生一番の焦りを感じていると、そのとき、彼女の声が聞こえた。

「どうされたのですか？」

◇◆◇

結婚式の途中まではいたっていうのに……一体どこで、アロイス様は道草を食っているのかしら。

だけど私には心当たりがあった。

まっすぐと、その場所まで歩みを進める。

「あ」

やっぱりいた。

中庭の片隅で、アロイス様はひとりぽつんとたたずみ、青空を見上げている。

孤独に立つアロイス様の姿は、普段より寂しそうだった。

「どうされたのですか？」

アロイス様に近寄り、彼に声をかける。

すると彼はゆっくりと私に顔を向けて、口を開いた。

「いや……何、気分転換だ」

「気分転換？　それならいいのですが……急にいなくなるから驚きましたよ。せめて私にひと言言ってから、場を離れてください」

「ああ、すまない」

アロイス様はそう謝っているものの、いまいち歯切れが悪い。

一体……どうしたのかしら？

気分転換だとは言っているものの、アロイス様がこういう行動を取るのは珍しい。

彼はたとえ楽しいパーティー中であっても、終始、完璧な態度と行動を貫くから。

完璧超人。

それがみんながアロイス様に抱いているイメージ。それは私も同様だった。

小さな違和感。

私は考えたくない可能性に思い当たり、不安な気持ちのまま言葉を紡ぐ。

「もしかして……私と結婚するのが嫌なんですか？」

「!?」

アロイス様の表情が一変する。

「マリッジブルーと呼ばれるものがあります。結婚前やそのあとにおいて、気持ちが沈んでしまうことです。アロイス様は私と結婚するのが、本当は嫌。王子としての義務から結婚をするだけ。私のことは――」

「違うんだ！」

慌てて、私の両肩を強い力で掴むアロイス様。

「君と結婚するのが嫌だなんて、断じてありえない！　君と結婚することができて、俺は世界一の幸せ者だと思っているよ。君を不安にさせたなら申し訳ない。だが……」

「ふふっ、ごめんなさい」

その慌てっぷりが、あまりに可愛いもので私はつい笑みをこぼしてしまう。

「冗談ですよ。あなたからの愛を疑ったことはありません。ですが、こうでもしないと、本当のことを言ってくれないと思って」

「なんだ……」

アロイス様はほっと安堵《あんど》の息を吐く。

「言ってください。気分転換だなんて嘘ですよね？　別の理由があるはずです」

「それは……」

私が問いかけると、アロイス様は言おうか言うまいか悩む素振りを見せる。

しかし諦めたように深いため息をついて、話し始めた。

「……怖いんだ」

「怖い？」

「ああ」

「一体、何が？」

「いろいろだ」

即答するアロイス様。

アロイス様に怖いものなんて、ないと思っていた。

それなのに、ここにきて「怖い」なんて言い出すなんて……

あまりにアロイス様のイメージとはかけ離れた台詞《せりふ》で、私はなんと言葉をかけていいのか悩んでしまう。

「人前に出るのが怖い。みんなが俺を見ているのが怖い。君と結婚することになって、陛下は本格的に俺へ王位を継承させようとするだろう。俺ごときが、国を引っ張っていけるのか……そう考えると怖い」

アロイス様は自分の右手を見て、さらに続ける。

「そして未来のことを考えてしまう。何もかもうまくいかず、失敗続きの俺に、君が失望してしまうんじゃないか……と」

「………」

私は黙って、彼の話に耳を傾ける。

「今まで、考えないようにしていた。でもこうして節目の式を迎えるとなると、否応《いやおう》がなしに恐怖が押し寄せてくる。……だから、式場から逃げ出して、ここで恐怖を抑えていた」

「とてもじゃありませんが、信じられません。それは今のあなたを見ても……です。現に、あなたは今日も、いえ、今までうまくやれている。恐れる必要なんてどこにもありません」

「そうか？　では、俺の右手を握ってみてくれ」

そう言って、アロイス様は右手を差し出す。

私は少し戸惑いつつも、彼の右手を握る。

「え……」

そして気づく。

彼の右手が、どうしようもなく震えていたのを。

「……俺はな、君と初めて会ったときから何も成長していないかもしれない」

私と初めて会ったときから、十二年が経とうとしている。

今とはイメージが重ならないほど小さく見えたアロー君。

そういえば、今はそのときとシチュエーションが同じだ。

「俺がうまくやれているように見える理由は、人より努力したからだ。人が一日かけてできることを、俺は三日かけた。それでは時間がかかりすぎたから、三倍の労力と熱意でこなした。俺は……不器用なんだ」

「信じられませ――と言いたいところですが、なんとなく納得できます」

最初、アロイス様に婚約を申し込まれた頃、同じことを言われても、信じられなかったかもしれない。

しかしアロイス様と再会してから、短くない年月を彼と過ごした。それによって、少しずつ彼への理解を深めていった。

だからこそ、今ならアロイス様の言っていることを理解できる。

「今まで、それをごまかしごまかしやってきた。そうしなければ民が不安になると思ったからだ。そして何より君に嫌われたくなかった」

「何をおっしゃいますか」

私はアロイス様の右手を両手で優しく包み込むようにして握り、彼の透き通った瞳を見つめる。

「私は人よりも頑張り屋さんで、常に前を向くそんなあなたが誰よりも好きなんです。私があなたの努力に気づいていないとお思いでしたか？」

「本当か？」

「本当です」

男には女にカッコつけたいときがあると本で読んだことがある。

だから私は気づかないふりをしていた。

でもずっと近くで見ていた、彼の努力を。

「もし、どうしてもひとりでは怖いと思ったときは、私を頼ってください。そのために私がいるんですよ。こうしていたら、勇気が出てこないですか？」

「だが……」

「もうっ！」

煮え切らない彼の態度に、私は気づけばこう声を張り上げていた。

「あなたはもっと、自分に自信を持つべきよ！　もっと胸を張って、みんなの前に立ちなさい！」

あっ、やっちゃった。

少し反省して恐る恐るアロイス様の顔をよく見るが、彼はきょとんとした表情。

「十二年前と同じだ……」

そして、そうつぶやき、すぐに愉快そうに笑いだす。

「ふっ……はっはっは！　そうだな。俺はもっと自信を持つべきだ。ありがとう、ディアナ。昔、俺を元気づけてくれた君のようだ」

「す、すみません。不快な気持ちになられていませんか？」

「なってないよ。それどころか、勇気が出てきた」

そう言うアロイス様の表情は、いつもの自信に満ちている。

「じゃあ、もう大丈夫ですよね？　早く会場に戻りましょう。みんなが心配していると思いますよ」

まあ……オレールさんはアロイス様がどこにいるか知っているようだったけどね。

それを知らせなかったのは、私とアロイス様をふたりっきりにさせたかったからかしら？

そんなことを考えながら、私はアロイス様に背を向ける。

「待ってくれ、ディアナ」

彼に肩を掴まれ、振り返ると、彼の顔がすぐ目の前にまできていた。

「――！」

次の瞬間、彼の柔らかい唇が私の唇に触れる。

それは彼との初めてのキス。

周囲が一瞬で静まり返り、私たちふたりだけの世界が広がる。

突然のことだったけれど、彼のキスは優しくて甘い。

彼からの愛が伝わってきて、私の心に深く響いた。

全身が愛で満たされ、幸せが込み上げてくる。

どれだけの時間、そうしていただろう。

一瞬だったかもしれない。それとも三十分くらい、そうしていたかもしれない。

やがてアロイス様のほうからゆっくり顔を離し、私にこう告げた。

「ディアナ、愛している」

その誠実な瞳から、私は視線を逸らせない。

「私も……です。アロイス様」

「不器用で才能もない俺だが、一緒になってくれるか？」

「もちろんです。いつでも一生懸命で、誰よりも努力家なあなたと、私は一緒になりたい」

そう返事をすると、アロイス様は優しく微笑んだ。

――巷《ちまた》には『真実の愛』といわれるものがある。

それは近そうで遠い、不思議な言葉。

だが、これだけはわかる。自分らしさを封じ、仮面を被ったままじゃ、きっとそこには辿り着けない。

私にだけ見せてくれる、今のアロイス様の無垢《むく》な笑顔。

そんな彼と向き合っていたら、自然にそう思えた。

番外編　名探偵ディアナ

あれはアロイス様と結婚式を挙げて、三ヶ月が経過しようとした頃の話。

「櫛をなくした？」

アロイス様に問われ、私は首を縦に振る。

「はい。一週間前にはたしかにあったのです。ですが、いつの間にかなくなっていまして」

ただの櫛をなくしたのなら、私だってここまで困らない。

だけど、あの櫛は特別。

あれはアロイス様からいただいた、大切な櫛だったから。

――彼と正式に結婚してから、私は王太子妃として王城に移り住むことになった。

礼儀作法や歴史の勉強や、王城内の人々との信頼関係の構築などやることは多かったけれど、アロイス様がすぐそばにいてくれたから頑張れた。

そんなふうにして過ごし、結婚して一ヶ月が経った記念に、アロイス様が櫛を贈ってくれた。

『君はいつも美しい。君の燃えるような赤髪は、俺も大好きだ。だから君がいつまでも君らしくいられるように、この櫛をプレゼントしようと思ったんだ』

そう言葉をかけてくれたアロイス様の姿は今でもずっと覚えている。

使うのがなんだかもったいなくて、自室で大切に保管してあった。

それなのに、なくすだなんて……自分の不注意を呪う。

「この一週間必死に探しましたが、見つかりませんでした。なので、あなたに相談したというわけです」

「そうだったのか。言いにくいことだっただろうに、話してくれてありがとう。君は生真面目だな」

アロイス様はふんわりと優しい笑みを浮かべたあと、右手で自分の顎を撫でた。

何かを考えているときに、彼がよくする癖だ。

「しかし……私物を紛失なんて君らしくないな。あまり考えたくはないが、盗まれた可能性は？」

「もちろん、それについても考えました。ですが……」

そもそもここは王城。警備体制は国でも随一。

盗人が入り込めるとは思えない。

ゆえに――仮に盗まれたとしたら――その候補は必然的に限られてしまう。

「櫛は一週間前の朝にはあって、翌朝には見当たりませんでした」

「つまり、その一日の間になくしたということだな。櫛は君の部屋で保管していたはず……と」

「はい。外に持ち出したりもしていません」

「その日、一日の流れは？　誰と会った？」

「まずは教育係に、礼儀作法を教わっていました。そして勉強の休憩時間にコルネリアとお菓子を食べました。このふたつは、私の部屋で行われています」

「特に不審な点はないな。ほかには？」

「変わったことはしていないかと。使用人が私の部屋に入り、身の回りのお世話をしてくださいましたが……それは多すぎて覚えていませんね。絞り込めません」

私は肩をすくめる。

「アロイス様、本当に申し訳ございません。あなたからもらった、大切な櫛だったのに……」

「かまわない。櫛など、いくらでも買ってやる。それよりも君が落ち込んで、暗い顔をするほうがよっぽどよくない。そんな顔をしていたら、君の魅力も霞んでしまうのだから」

そう言って、アロイス様は私の頭を優しく撫でてくれた。

いつも優しい、アロイス様。

彼に頭を撫でられるだけで、不安が消えていく。

だけど、その優しさにいつまでも甘えてはいけないとも同時に思った。

「そうおっしゃっていただき、ありがとうございます。ですが私、諦めません。絶対に、あの櫛を見つけたいと思います」

「君がそうしたいなら、気が済むまでやってくれ。だが、無理はするなよ」

アロイス様は言って、私の額に口づけをした。

なくした櫛のことは気にかかるけど、だからといって、いつまでもそればかりに労力を割くわけにはいかない。

今日も今日とて、私は礼儀作法の勉強に勤しんでいた。

「ディアナ様、違います。それでは、主語と述語の関係が曖昧です。このままでは、お相手を混乱させてしまうことになります」

今日も教育係の先生、マティルダさんは厳しい。

昔から王城に仕えている教育係の女性だ。とても優秀な方で、王族からの信頼も厚く、彼女は相手が誰であろうとも厳しい態度を貫いていた。

「す、すみません」

「謝る暇があるなら、手を動かしてください。それにしても……最近のあなたは注意力散漫のように思えます。何かあったのですか？」

マティルダさんの眼鏡の奥が、キラリと光ったように見える。

「実は、あるものをなくしてしまいまして」

「あるもの？」

「はい。とても大切なものだったのです。どうしても、そのことばかりを考えてしまって……」

私が話すと、マティルダさんは呆れたようにため息をついた。

「なんということ……いいですか？　何をなくされたのかは存じませんが、だからといって勉強を疎かにしてはいけません。それに今後、もっと重大な問題を抱えるかもしれないのですから。そのたびに、ほかのことが手につかなくなっては話になりません」

「あなたのおっしゃる通りです」

マティルダさんの言っていることは少々厳しいかもしれないが、これが王太子妃という立場。隙を見せてはいけないのだ。

「では、続きをやっていきましょう。次は……」

「失礼します」

マティルダさんが教科書のページをめくろうとすると、ノックがされたのち、廊下から侍女のナタリーが入ってくる。

彼女の手には、紅茶が載った銀のトレイが。

「紅茶をお持ちしました。気が張り詰めてばかりでは、勉強にも身が入らないでしょう。今のディアナ様にぴったりの紅茶を……きゃっ！」

そう言って一歩目を踏み出したとき、ナタリーはバランスを崩して、床に転倒してしまう。

「す、すみません！」

すぐに顔を上げて、謝るナタリー。

せっかく持ってきてくれた紅茶も台無しになってしまっている。彼女の顔は青ざめていた。

「別にいいのよ」

私はいてもたってもいられなくなり、椅子から立ち上がって、彼女のもとへ駆け寄った。

「そんなことより怪我はしてない？」

「ディ、ディアナ様……ただの一介の侍女である私の名前を覚えてくださっているんですか？」

「ええ、もちろん覚えているわ。この王城にいる使用人たちは、みんな私の大切な仲間だもの」

ナタリーは最近、王城内で勤めるようになった侍女だ。

すごく頑張り屋さんなんだけど、少々抜けている部分がある。

今もこうして転倒してしまうミスを犯したし、侍女長に怒られているのをよく目撃していた。

「はあ……ここの侍女の質も落ちましたね」

私がナタリーを起こしていると、うしろからマティルダさんのため息が聞こえた。

「昔はこんなことはありませんでした。規律を重んじ、いついかなるときも完璧に仕事をこなす侍女が集まっていたのです」

「う、うぅ……ごもっともです」

ナタリーは心当たりがあるのか、マティルダさんの苦言にうつむくばかり。

「ディアナ様にも責任があります。あなたがもっとしっかりしていれば、このようなゆるんだ事態は起こらなかったでしょう」

「その通りですね」

ここで反論しても、仕方がない。マティルダさんの言っていることは、あながち間違いでもないからね。

「ナタリー、もしよかったら、もう一度紅茶を持ってきてくれないかしら。今度は転ばないようにね」

「は、はい！」

挽回の機会を与えようとナタリーを促すと、彼女はすぐに立ち上がった。零した紅茶をそそくさと片付け、掃除していく。

そのとき、私は気がついた。

「あら、この紅茶の香り……もしかして、私の好きなアールグレイかしら。ベルガモットの香りがとても豊かだわ。よく私の好みを知ってたわね」

ナタリーは一瞬きょとん顔。

「私はドジばかりするから……せめてディアナ様の好みを把握しておこうと。あっ、でも！　これくらい侍女として、当然の行いですよね」

「いいえ、そんなことはないわ。ありがとうね」

微笑むと、ナタリーはほっと胸を撫で下ろし、別の紅茶を取りに部屋から出ていくのであった。


あれから数日が経過したけど、やっぱりアロイス様からいただいた櫛は見つからない。

もう二度と、見ることすら叶わないのでは……？

不安になるが、私も何もしていなかったわけではない。

当日の状況の洗いだし。そしてほかの方々への聞き込み……それらに時間を費やすことによって、おぼろげながらに櫛のありかがわかってきた。

それは……

「ディアナ様、どうかされたのですか？　先ほどから、口数が少ないようですが」

櫛についいて考え込んでいると、現在、髪のセットをしてくれている侍女のナタリーが問いかけてきた。

「気を遣わせてしまってごめんなさい。ただ、最近マティルダさんに叱られっぱなしだと思ってね。自分の不甲斐なさに呆れてるだけ」

内心の不安をおくびにも出さず、私はそう答える。

「ディアナ様にも落ち込むときがあるんですね。ですが、ディアナ様が不甲斐ないのなら、私はなんでしょうか。いつもミスばっかりで……しかも先日は紅茶を零して……私はダメダメです」

「そんなことないわ。あなたにもいいところがあるわよ。前を向きなさい」

ナタリーを励ます。

彼女にはよく、こうしてふたりきりで髪の手入れをしてもらっている。彼女と話していると、自然と気持ちが上向きになるから。

それに、部屋で焚かれているアロマの香りのおかげもあると思う。

「ありがとうございます。差し出がましいことかもしれませんが……ディアナ様は立派なお方です。あのアロイス様に見初められたのですから」

「たまたまよ。運がよかっただけ」

「そんなことはありません！　全女性の憧れの的であるアロイス様。そんな方と一緒になれるなんて、うらやまし――」

そこまで言って、ナタリーはハッとしたように口をつぐむ。

「す、すみません！　立場もわきまえず、おこがましいことを言ってしまいました！　深い意味はないんです」

「わかってるわ。だから、そう恐縮しないで」

ナタリーにそう言うものの、彼女は失言を気にして、すぐには次の言葉を紡げないようだった。

「でも、やっぱり私もダメだわ。せっかくアロイス様からの愛を一身に受けているのに、彼からの大切なプレゼントをなくしてしまったもの」

雰囲気を変えようと自虐的に言うと、ナタリーの手が止まった。

「……？　どうしたの？」

「い、いえ！　なんでもありません！　ディアナ様の気持ちを考えると、自分のことのように悲しくなってしまいまして。大切なものっていうと、アロイス様からいただいた櫛ですよね？　ほかの方々から聞きました」

「私に同情してくれるの？　ありがとね。ああ、早く見つかればいいのだけど……」

頬を手で押さえる。

それと同時、私はナタリーに気づかれないように、彼女の手元に一瞬視線をやった。

彼女はスカートの裾をぎゅっと握っている。

「………………」

それを見て、私は櫛のありかを確信した。

翌日。

私は自室にコルネリアとマティルダさん、ナタリー。そしてアロイス様の四人を集めた。

「ディアナ、急にどうしたのかしら？」

「今日はみなさんに話があって、集まってもらいました」

コルネリアの問いに、私はそう答えた。

気心知れたコルネリア相手だけど、アロイス様の前なので丁寧な話し方を心がける。

「先日、アロイス様からいただいた櫛をなくしてしまいました。自室で保管していて、外に持ち出してもいないのに紛失するなんて……少し不自然です」

「ディアナらしくないことよね」

「だから私は、櫛が盗まれた可能性を考えました。その犯人がわかったので、今回はお集まりいただいたというわけです。アロイス様は、その見届け人です」

そう告げると、コルネリアとアロイス様は興味深そうに目を見開く。

対して、マティルダさんとナタリーのふたりは戸惑いの表情を浮かべていた。

「まあ……正しくは、今からわかるといったところですけど……始めます」

私は最初にコルネリアと向き合って、推理を披露する。

「まずはコルネリア。櫛をなくした日、あなたとは一緒にお菓子を食べていましたね。そのために私はあなたを自室に招きました」

「うん」

「ですが、コルネリアとはおしゃべりに夢中で、私は彼女から目を離さなかった。彼女に櫛を盗む時間がないのです。それに何より、コルネリアには櫛を盗む動機がない。彼女は容疑者から外れます」

「ふふっ、当然ね」

コルネリアが笑う。

「そして次に教育係のマティルダさん。マティルダさんにも礼儀作法を教えてもらうため、自室に来てもらいました。私は勉強に集中していたので、彼女から目を離す時間もあったでしょう。その間に彼女が櫛を盗むことは可能です」

「ディ、ディアナ様！　私は違います！　王太子妃が大切にしている櫛を盗むなど、大それたことはできません！」

マティルダさんは胸に手を当てて、必死に否定する。

彼女は普段から、私に厳しく接している。

大切なものを紛失したことを打ち明けたときも、彼女は呆れているようだった。

なので、私を困らせようとして櫛を盗んだ。そして落ち込んでいる私に、いつもの小言を吐く……そういった類の意地悪だったのではないか。

そう疑いを向けられたと思ったのだろう。彼女の表情には焦りの色が浮かんでいた。

しかし違う。

「マティルダさんは犯人ではありません。なぜなら、彼女が犯人ではない決定的な理由があるのです」

「それは一体？」

アロイス様が答えを促す。

私は深呼吸をしてから、こう告げた。

「そもそも、マティルダさんは私が大切にしているものが櫛であることを知らなかったのです。もちろん、櫛の保管場所についても……です。私の目を盗んで、櫛を探してそれを奪う？　その櫛が何を意味するかもわからないのに？　犯人としては考えにくいです」

「う、疑いが晴れてよかったです」

マティルダさんがほっと胸を撫で下ろす。

「そしてあの日、この部屋に入ったのはコルネリアとマティルダさんだけではありません。使用人の方々も、私の部屋に入りました。ですが、それらのほとんどはふたり以上で行動していました」

もし、この中の誰かが私の櫛を盗もうとした場合……ほかの人が気づくだろう。

ならば、それに気づいた際、止めなかったとは考えにくく、使用人の方々が櫛を盗むのは難易度が高い。

「ですが……あの日、髪の手入れのため、ある侍女がひとりで部屋に来てくれました。髪を整えている間、私は彼女に背を向けていることになる。その隙に櫛を盗んだと考えられるのです」

ここまできたら、私が何を言いたいのかみんなもわかったのだろう。

私は不安でうつむいている彼女を指差して、こう告げた。

「ナタリー――あなたね。私の櫛を盗んだのは」

名指しされたナタリーの顔がみるみるうちに青ざめる。

「ち、違います！　私は……」

「侍女なら身の回りの世話のために、私の自室をよく知る立場にあるわ。別に金庫に入れているわけではなかったし、櫛のありかについて把握していた可能性が高い。そして何よりも……」

私は彼女の手元を見やって、話を続けた。

「あなたは何かを誤魔化そうとしているとき、スカートをぎゅっと握る癖があるわよね？　今のあなたの姿が証拠よ」

「……っ！」

そんな癖があることに気づいていなかったのだろうか、ナタリーはすぐにスカートから手を離す。

しかし今さら取り繕っても、もう遅い。

ぐうの音も出ないのか、彼女からの反論はない。

「ディアナを疑うつもりはない。しかしこの推理には、致命的な欠陥があるぞ」

そう言ったのはアロイス様。

彼はどこか、おもしろがっているような表情を浮かべていた。

「君の推理は犯人が単独である場合でのみ、成立する。犯人がふたり以上なら、衆人環視だったので櫛を盗めないという論理が破綻してしまう」

「もちろん、それについても考えていました。だから……」

私が言葉を続けようとすると、使用人の何人かが慌ただしい様子で部屋に入ってきた。

「ディアナ様！　あなたの指示通り、ナタリーの部屋を捜索していたら……櫛を発見いたしました！　ディアナ様がアロイス殿下にいただいた櫛に間違いありません！」

「……こういうことです」

「なるほど。すべて周到に準備していたというわけか。ナタリーをここに呼んだのも、櫛を探す時間を作っていたのだな」

私の行動が意に沿ったものだったのか、アロイス様が感服の声を漏らす。

「これでも、まだ言い逃れをするつもりかしら？」

「す、すみませんでしたあああ！」

問いつめると、ナタリーはその場で崩れ落ち、涙交じりに謝罪した。

「で、出来心だったんです……アロイス様からの寵愛を一身に受けているディアナ様がとても羨ましく、気づけば櫛を……いけないと思ってすぐに返したかったのですが、どうしても言い出せず……」

「あ、あなたは！　王太子妃であるディアナ様の私物を盗んだのですか!?　しかもディアナ様がとても大切にされているものを!?　何を考えているのですか！」

そう怒鳴り声を上げるのはマティルダさんだ。

彼女はまるで自分のことのように、ナタリーに対して怒りをあらわにしていた。

「ディアナ様、アロイス様。この侍女を罪に問うべきです。解雇するのはもちろんのこと、厳罰な処罰を与え……」

「待って」

話を進めようとするマティルダさんを私は制する。

「彼女の処遇は、私に預からせてもらえるかしら？　彼女に侍女を辞めてもらうつもりもありません」

「そ、それは……」

言い淀むマティルダさん。

私は畳み掛けるように、言葉を重ねる。

「そもそも、ナタリーがこのような犯行にいたったのも、私に責任があります。私がもっと使用人たちの人心を掌握していれば、このようなことは起こらなかったのですから」

要は、ナタリーに私は舐められていたということである。

その事実から目を背けるつもりはない。

それに別の理由もあった。

「ナタリー……あなたはいつも、仕事を一生懸命していたわね。私の好きな紅茶を調べ、髪の手入れの際にはアロマを焚いてくれているのも気がついていたわよ。そういう気遣いが、あなたのいいところなのよ」

優しく声をかけると、ナタリーがゆっくりと顔を上げる。

「あなたはいい侍女になれるわ。だから……これからも、侍女であり続けてくれるかしら？　私はあなたの将来に投資する」

「ディ、ディアナ様～」

ナタリーが情けない声を出す。

今回のことでナタリーは反省し、今まで以上に働いてくれるだろう。

そして、今回私は彼女に大きな貸しを作ったことになる。

ナタリーが優秀なのはわかっているし、今後何かがあったときに、彼女の力を借りればいい。そちらのほうが利になると考えた。

「それに……アロイス様と私の関係に嫉妬していたんだっけ？　でも、そんなことをしても無駄よ。彼が愛を向けるのは、私ひとりだけなのだから」

そう言うと、アロイス様は一瞬真顔になる。

そしてニヤリと口角を吊り上げた。

「ほお……言ってくれるな」

「ええ。私は王太子妃ですから。あなたに選ばれた自覚がないと、ほかの人にも失礼でしょう？」

少しいたずらっぽく、彼に笑い返した。

近いうちに、王位を継承するであろうアロイス様。

そんな彼の隣にいる私には、自然と周りから嫉妬が集まる。

今回の一件は氷山の一角に過ぎない。

だけど私は何が起こっても、華麗にはね返してみせるわ。
それくらいの気概がいないと、彼の隣にいるのにふさわしくないから。
今回の一件を通じて、私はあらためてそれを強く実感するのであった。

この作品に対する皆様のご意見・ご感想をお待ちしております。
おハガキ・お手紙は以下の宛先にお送りください。

【宛先】
〒150-6019 東京都渋谷区恵比寿4-20-3 恵比寿ｶﾞｰﾃﾞﾝﾌﾟﾚｲｽﾀﾜｰ19F
（株）アルファポリス　書籍感想係

メールフォームでのご意見・ご感想は右のＱＲコードから、
あるいは以下のワードで検索をかけてください。

アルファポリス　書籍の感想　検索

ご感想はこちらから

本書は、Webサイト「アルファポリス」(https://www.alphapolis.co.jp/)に掲載されていたものを、改稿・加筆のうえ書籍化したものです。

目《め》が覚《さ》めました
～奪《うば》われた婚約者《こんやくしゃ》はきっぱりと捨《す》てました～

鬱沢色素（うつざわ しきそ）

2025年　5月　5日初版発行

編集－境田 陽・森 順子
編集長－倉持真理
発行者－梶本雄介
発行所－株式会社アルファポリス
〒150-6019 東京都渋谷区恵比寿4-20-3 恵比寿ｶﾞｰﾃﾞﾝﾌﾟﾚｲｽﾀﾜｰ19F
TEL 03-6277-1601（営業）　03-6277-1602（編集）
URL https://www.alphapolis.co.jp/
発売元－株式会社星雲社（共同出版社・流通責任出版社）
〒112-0005 東京都文京区水道1-3-30
TEL 03-3868-3275
装丁・本文イラスト－とぐろなす
装丁デザイン－AFTERGLOW
（レーベルフォーマットデザイン－ansyyqdesign）
印刷－中央精版印刷株式会社

価格はカバーに表示されてあります。
落丁乱丁の場合はアルファポリスまでご連絡ください。
送料は小社負担でお取り替えします。

ISBN978-4-434-35668-1 C0093